A SU MANERA

KATHIE DeNOSKI

HARLEQUIN™

Editado por HARLEQUIN IBÉRICA, S.A.
Núñez de Balboa, 56
28001 Madrid

A su manera, n.º 2034 - 1.4.15
Título original: The Cowboy's Way
Publicada originalmente por Harlequin Enterprises, Ltd.

I.S.B.N.: 978-84-687-6025-4
Depósito legal: M-884-2015
Editor responsable: Luis Pugni
Impresión en CPI (Barcelona)
Fecha impresion para Argentina: 28.9.15
Distribuidor exclusivo para España: LOGISTA
Distribuidor para México: CODIPLYRSA
Distribuidores para Argentina: Interior, DGP, S.A. Alvarado 2118.
Cap. Fed./Buenos Aires y Gran Buenos Aires, VACCARO HNOS.

Capítulo Uno

Al sentarse en el comedor de Sam y Bria Rafferty tras la deliciosa cena de Navidad que habían preparado sus cuñadas, T. J. Malloy no pudo evitar una sonrisa. Escuchó con atención los planes de sus hermanos adoptivos para los próximos días y la fiesta familiar de Año Nuevo, que se celebraría en el rancho de T. J. Como siempre, no faltaban las bromas y las risas, ni las muecas y ruiditos que todo el mundo hacía para regocijo de los niños pequeños. La vida era maravillosa, y a sus treinta y dos años T. J. no podría considerarse más afortunado.

Gracias a su padre adoptivo, Hank Calvert, T. J. y los otros cinco hermanos que habían quedado a su cargo siendo unos jóvenes descarriados habían encauzado sus vidas y habían forjado unos lazos familiares que T. J. valoraba por encima de todo. Incluso más que su propio rancho, donde se dedicaba a entrenar caballos de doma, el sueño de toda su vida. Y gracias a sus acertadas inversiones tenía más dinero en el banco del que podría gastar en tres o cuatro vidas.

Sí, definitivamente era un hombre afortunado y lo sabía.

–Te toca, T. J. –le dijo Bria con una sonrisa mientras servía trozos de tarta casera–. ¿Qué planes tienes para la semana?

–Los mismos de cada año –respondió él, devolviéndole la sonrisa a su cuñada–. Me pasaré la semana entrenando mis caballos y esperando a que vengáis el día de Nochevieja.

Cuatro años antes, al comprar el rancho Dusty Diamond y levantar su enorme mansión, su familia decidió que allí tendría lugar la reunión familiar de Año Nuevo. Había dormitorios de sobra para albergar a toda la familia, y así no tendrían que conducir con unas copas de más. Sus hermanos llevaban a sus esposas o sus novias y después de acostar a los niños se quedaban hablando o viendo una película. Se había convertido en una tradición, y T. J. la esperaba con ilusión cada año.

–¿Tienes alguna mujer que nos acompañe este año? –preguntó Nate Rafferty con una sonrisa de oreja a oreja.

Nate y Sam eran los únicos hermanos biológicos del grupo, pero no se parecían en nada. Sam era un padre de familia felizmente casado, mientras que Nate era un mujeriego redomado cuyo único propósito en la vida parecía ser salir con todas las mujeres solteras del sudoeste. Eso no lo hacía ser, sin embargo, menos leal que los hijos adoptivos de Hank. A todos se les había inculcado un profundo sentido de la rectitud y la lealtad, y en ese aspecto Nate era igual que el resto.

–T. J. ya tiene a una mujer, Nate –dijo Lane Donaldson, riendo mientras rodeaba con el brazo a su mujer, Taylor–. Pero por alguna extraña razón, no le pedirá a su vecina que se una a nosotros.

–Tenías que sacar el tema, ¿no, Freud? –replicó T. J., sacudiendo la cabeza con disgusto. Tendría que haberse esperado que Lane haría un comentario como aquel. Habiéndose doctorado en Psicología, sabía cómo provocarlos a todos–. Ella y su semental están a un lado de la valla y yo estoy al otro. Fin de la discusión.

Wilson era vecina de T. J. desde hacía dos años, y él solo la había visto unas cuantas veces, pero sus hermanos siempre estaban bromeando con el supuesto interés que tenía en su temperamental vecina, aunque lo único que sabía de ella era que no tenía el menor cuidado con su caballo. Ni siquiera sabía su nombre de pila, ni quería saberlo.

–¿No la has visto desde que levantamos la valla entre tu rancho y el suyo en primavera? –preguntó Sam, intentando evitar los pegotes de puré de patatas que su hijo de diez meses le arrojaba.

–No. No la he visto, ni a ella ni a su caballo, y por mí mejor así –no pudo evitar una carcajada cuando el pequeño Hank acertó con el puré en la nariz de Sam.

–Y ahora que ya has resuelto el problema de su caballo saltando la valla, ¿de qué vas a quejarte? –preguntó Ryder McClain, riendo también. Pero su risa se transformó en un gemido cuando su hija pequeña, Katie, le vomitó en su impecable camisa.

–Gracias, Katie –dijo T. J., haciéndose cargo de la niña mientras su cuñada Summer le limpiaba el hombro a su marido–. Una buena manera de cerrarle la boca a tu padre.

–Será mejor que tengas cuidado o tú puedes ser el siguiente –le advirtió Ryder–. Parece que el olor de una camisa limpia le da náuseas a mi hija.

Ryder era el más tranquilo de los hermanos, y también el más intrépido. Vaquero de rodeos, se dedicaba a salvar a los jinetes de sufrir graves lesiones, pero tras haberse casado con Summer y haber tenido a la pequeña Katie, había abandonado su carrera profesional y solo participaba en los rodeos en los que competían Nate y Jaron. T. J. sabía que Ryder quería cerciorarse de que sus hermanos corrieran el menor riesgo posible con los toros en su carrera hacia el campeonato nacional, pero también sabía que Ryder jamás lo admitiría en voz alta.

–¿Vendrás a la fiesta, Mariah? –quiso saber Taylor, la mujer de Lane.

–No creo –respondió la hermana menor de Bria–. He conocido a alguien y me ha invitado a ir con él a la fiesta de Año Nuevo en un club de Dallas.

Todo el mundo miró a Jaron para ver cómo

reaccionaba a la inesperada noticia de Mariah. No era ningún secreto que los dos se habían sentido atraídos nada más conocerse, pero por aquel entonces Mariah solo tenía dieciocho años, y Jaron, con veintiséis, había decidido que era demasiado mayor para ella. Por desgracia, siete años después Jaron se mantenía en sus trece, y Mariah parecía haberse cansado de esperar.

–Me alegro por él –dijo Jaron secamente, rompiendo el silencio–. Espero que lo pases muy bien.

A simple vista parecía sincero, pero T. J. conocía bien a su hermano. Jaron era más reservado que el resto de la familia, y no resultaba fácil adivinar lo que estaba pensando, pero cuando se enfadaba su voz adquiría un tono inconfundiblemente frío. Como en aquellos momentos. Jaron les estaba advirtiendo que no estaba de humor para aguantar bromas sobre Mariah. Y T. J. sabía que todos los hermanos lo respetarían.

–¿Y tú, Nate? –le preguntó T. J., confiando en aliviar un poco la tensión–. ¿Vas a traer a alguien este año?

Nate negó con la cabeza.

–Hace algunas semanas compré el rancho Twin Oaks –declaró con orgullo–, y no he tenido tiempo para pensar en nada más.

–¿Cuándo ha sido eso? –preguntó T. J. sorprendido–. No recuerdo que dijeras nada cuando nos reunimos en Acción de Gracias.

–No quería anunciarlo antes de cerrar el trato

–respondió Nate mientras se llevaba un gran trozo de tarta a la boca.

A T. J. no le pareció raro que Nate fuera tan supersticioso. Todos los jinetes de rodeo lo eran en mayor o menor medida. Incluso él había respetado escrupulosamente algunos rituales cuando competía.

–¿Vas a echar raíces por fin? –preguntó Sam con escepticismo.

–No me malinterpretes, hermano, pero jamás imaginé que sentarías cabeza –añadió Ryder.

–Solo he comprado un rancho –dijo Nate con una sonrisa–. No he dicho que vaya a echar raíces ni nada de eso.

–¿Cuándo piensas instalarte en tu nuevo antro de perdición? –le preguntó T. J. mientras le pasaba la niña a Summer para el biberón.

–De momento no –respondió Nate, tomando otro pedazo de tarta–. Antes tengo que hacer algunas reformas, como echar abajo un par de paredes para ampliar el salón y cambiar la fontanería y el cableado. También tengo que reparar las vallas y construir un granero antes de meter el ganado.

–Dinos cómo y cuándo podemos ayudar y allí estaremos –le ofreció Lane, hablando en nombre de todos ellos.

–Lo haré –sonrió a las mujeres–. Y cuento con estas encantadoras damas para la decoración.

–¿Incluido el dormitorio principal? –preguntó T. J.

–No, para eso tengo mis propias ideas –repuso Nate con una pícara sonrisa.

–Seguro que sí –corroboró Ryder, expresando lo que todos pensaban.

–¿Qué tal si nos saltamos los detalles? –sugirió Bria mientras le tendía a T. J. un trozo de tarta. Todos se mostraron de acuerdo, y el resto de la velada transcurrió tranquilamente, hablando de las reformas del rancho. Para T. J. fue un gran alivio, pues así nadie se acordaría de hacer bromas sobre su vecina. Cuando menos le hablaran de ella, mejor.

Horas después, tras ultimar los planes para la fiesta, T. J. se despidió y abandonó la residencia de Sam y Bria para volver a su rancho. Había estado lloviendo todo el día, y cuando llegó al desvío que conducía al Dusty Diamond, la tromba de agua casi no le permitía ver nada.

Apenas había girado cuando vio un destello rojo a unos cien metros delante de él. Parecían los faros traseros de un coche, y supo entonces que el arroyo había vuelto a desbordarse. Solo ocurría tres o cuatro veces al año, pero cada vez que llovía con fuerza el riachuelo que bordeaba su rancho se transformaba en un caudaloso río de aguas embravecidas. Y aquel día había llovido tanto que la riada debía de bloquear el camino.

Quienquiera que estuviese en el vehículo necesitaba ayuda, y T. J. no iba a negársela. Condujo hasta el sedán gris detenido en mitad del camino y vio que había alguien en su interior. Una mujer. Rápidamente se bajó de la camioneta y corrió hasta la puerta del conductor.

–¿Puedo ayudarla, señorita? –preguntó mientras la mujer bajaba la ventanilla.

Pero entonces la mujer se detuvo y T. J. no supo si lo hacía para que no entrase la lluvia en el coche o por el hecho de que fuera él quien le ofreciera ayuda. La conductora era su archienemiga Wilson, del rancho vecino.

No la había visto desde la última vez que su caballo saltó la valla, en primavera, y él se vio obligado a llevarlo de nuevo al Circle W. Era la décima vez que el maldito semental invadía su propiedad para montar a sus yeguas, y a T. J. se le había acabado la paciencia. Con ayuda de sus hermanos levantó una valla de dos metros entre los dos terrenos y pensó que el problema quedaba resuelto y que no tendría que volver a tratar con ella.

Al parecer, se había equivocado.

–Justo lo que me temía –dijo ella, que tampoco parecía muy contenta de verlo.

T. J. no supo si se refería al temor de no poder cruzar el arroyo o a que fuera él la única ayuda disponible. Fuera como fuera, no estaba en posición de elegir, y él no iba a dejarla sola. Su padre adoptivo se revolvería en la tumba si uno de sus hijos no ayudaba a una dama en apuros.

–Aunque deje de llover no podrás volver a tu

rancho hasta mañana –le dijo. Se estaba helando bajo la lluvia, y no quería perder tiempo en discusiones–. Vas a tener que acompañarme al Dusty Diamond. Puedes pasar la noche allí.

Ella negó testarudamente con la cabeza.

–Puede que seamos vecinos, pero no te conozco y no tengo el menor interés en trabar amistad contigo... sobre todo después de nuestros encontronazos.

–Te aseguro que yo tampoco –declaró él–. Pero no puedes atravesar quince metros de cauce sin que la corriente te arrastre. Y entonces yo tendría que saltar al agua para intentar sacarte antes de que te ahogaras. Algo que, francamente, preferiría evitar –respiró hondo e intentó controlarse–. ¿Tienes algún otro sitio al que ir?

Ella lo miró fijamente y se mordió el labio, como si estuviera buscando alguna otra alternativa.

–No –admitió finalmente.

–Bien, pues no voy a permitir que te quedes en el coche toda la noche –dijo él con impaciencia.

–¿No vas a permitir que me quede en mi coche? –por el tono de su voz T. J. intuyó que le había tocado la fibra sensible.

–Mira, solo intento evitar que pases una noche horriblemente incómoda en el coche, pero si quieres quedarte aquí en vez de dormir en una cama seca y calentita... allá tú.

Nada más decirlo sintió una punzada de remordimiento. Era comprensible que ella se mostrara recelosa, incluso asustada, con él. No debía de tener una opinión muy buena de él, viendo cómo se había comportado con ella las pocas veces que habían estado cara a cara.

–Oye, lo siento –se disculpó, intentando adoptar un tono más amable–. Hace frío, está oscuro y me estoy calando hasta los huesos –le dedicó una amistosa sonrisa con la esperanza de mitigar sus temores–. En mi casa se está muy bien y hay mucho espacio… Y todas las habitaciones tienen pestillo en la puerta.

Ella miró por el espejo retrovisor algo que había en el asiento trasero, dudó unos instantes y sacudió la cabeza.

–No tengo elección –murmuró, cansada y derrotada.

–Cuando lleguemos a la casa puedes aparcar en el garaje –le ofreció él–. Así no te mojarás antes de entrar.

–Está bien. Te sigo –aceptó ella, subiendo la ventanilla.

T. J. volvió a la camioneta, arrancó y se cercioró de que su vecina no tuviera problemas en poner el coche en marcha antes de dar media vuelta y dirigirse al rancho. Ella lo siguió en su Toyota, y al llegar al garaje lo aparcó entre la camioneta y el Mercedes que T. J. casi nunca conducía.

Le abrió la puerta del coche para que ella saliera… y ahogó un gemido al verla. Las veces que le había llevado su caballo y había aporreado su puerta para gritarle como un energúmeno que tuviera controlado al animal, había estado tan furioso y alterado que no había prestado mucha atención al aspecto de su vecina.

Con su metro ochenta y cinco de estatura, T. J. no conocía a muchas mujeres que pudieran mirarlo a los ojos sin tener que echar la cabeza hacia atrás. Pero su vecina solo era unos pocos centímetros más baja que él. Y cuando sus miradas se encontraron, sintió que el estómago le daba un brinco.

Tenía los ojos más azules que había visto en su vida, y una larga melena rubia rojiza recogida en una cola de caballo. No solo era bonita; era arrebatadoramente hermosa. T. J. se preguntó cómo no se había fijado antes en semejante belleza.

Ella se giró para abrir la puerta trasera, pero lo que sacó no fue una bolsa de viaje, sino un niño cubierto con una manta y una bolsa de pañales.

Las preguntas se agolparon en su cabeza. Primero, recordó que al detenerse para ver si necesitaba ayuda que ella estaba sentada en el coche, pensando cómo iba a volver al rancho. ¿Se habría atrevido a cruzar el camino inundado con un niño en el asiento trasero? No se aventuraba a pensar en lo que podría haber sucedido... Segundo, le había dicho que no tenía ningún otro lugar al que ir. ¿Qué habría hecho si él no hubiera aparecido o no le hubiera ofrecido refugio?

¿Habría pasado toda la noche en el coche con un niño pequeño?

–Déjame que te ayude –se adelantó para agarrarle el bolso y la bolsa de pañales, impelido por los buenos modales y por el agotamiento que reflejaban las ojeras de su vecina.

–Gracias... Malloy –meneó la cabeza mientras cerraba la puerta del coche–. No sé tu nombre.

–Me llamo T. J., señorita Wilson –abrió la puerta trasera y se apartó con una sonrisa amistosa.

Se dio cuenta de que en los cuatro años que llevaba viviendo en el rancho había estado tan ocupado con la crianza de sus caballos que no se había molestado en socializar con los rancheros vecinos. Y las pocas veces que había visto a la señorita Wilson no habían sido precisamente cordiales. Tan furioso estaba T. J. por las correrías del semental, que no había pensado en presentarse ni en preguntarle a ella su nombre.

–Mi nombre es Heather –dijo ella al entrar en la cocina. Se detuvo y miró alrededor–. Tienes una casa muy bonita.

–Gracias –dejó el bolso y los pañales en la mesa y se quitó la chaqueta, antes de ayudarla a quitarse la suya–. ¿Te apetece comer o beber algo, Heather?

–No, gracias. Si no te importa, me gustaría acostar a mi hijo –parecía a punto de caer rendida.

–Por supuesto –colgó los abrigos y agarró las cosas de Heather para conducirla hacia las escaleras–. ¿Necesitas llamar a alguien para decirle dónde estás? –se preguntó por qué su pareja no la estaba llamando en aquellos momentos para comprobar si ella y el niño estaban bien.

–No, no hay nadie que me espere. Solo estamos yo y Seth.

Al llegar al piso superior, T. J. abrió la primera puerta del pasillo y se apartó para que entrase ella.

–Las damas primero. Si no es de tu agrado, tengo otros cinco dormitorios para elegir.

–Está muy bien, gracias –agarró el bolso y los pañales, como si estuviera impaciente porque él se marchara. Sus manos se rozaron y T. J. sintió un hormigueo por la piel. Lo atribuyó a una descarga de electricidad estática, pero no pudo ignorar tan fácilmente el calor que emanaba de ella.

–¿Te encuentras bien?

–He estado mejor –admitió ella, dejando las bolsas a los pies de la cama.

T. J. se acercó y le puso la mano en la frente.

–Tienes fiebre –apartó el borde de la manta y vio las mejillas coloradas del niño–. Los dos estáis enfermos.

–Tuve que llevarlo a urgencias –explicó ella mientras lo dejaba en la cama–. Iba de regreso a casa cuando nos encontraste en el arroyo.

–¿Qué dijo el médico?

–Que tiene una infección en el oído. Me han dado un antibiótico y algo para la fiebre.

–¿Y tú? ¿No te vio el médico?

–No, pero no pasa nada. Estoy recuperándome de la gripe.

–Debería haberte visto un médico –le reprochó él.

–Pues no lo hice –replicó ella en tono resentido–. Y ahora, si me disculpas…

–Mientras acuestas a tu hijo iré a buscarte algo para que te pongas –la interrumpió él, y salió de la habitación antes de que ella pudiera protestar.

Fue al botiquín de su cuarto de baño y sacó un frasco de Tylenol, antes de pensar en lo que podría llevarle para dormir. Él siempre dormía desnudo, ni siquiera tenía pijama. Se decidió por una camisa de franela y volvió a la habitación que usarían Heather y su hijo.

–¿Te sirve esto? –le tendió la camisa–. Siento no tener algo más cómodo.

–Podría haber dormido vestida –arropó a su hijo y aceptó la prenda–. Pero gracias por… todo.

–Te he traído esto para la fiebre –le entregó el frasco y fue al cuarto de baño a llenar un vaso de agua–. Tómate un par de ellas y si necesitas algo mi habitación está al final del pasillo.

–Estaremos bien –dijo ella, sacando dos píldoras del frasco–. ¿Algo más? –le preguntó secamente.

T. J. negó con la cabeza, se despidió y salió. Al cerrar tras él oyó que ella echaba el pestillo.

Hasta ese día la había tomado como una mujer desafiante e indiferente a los problemas ajenos, que ni siquiera se preocupaba por mantener a su caballo bajo control. Nunca se le había ocurrido pensar que fuese una madre soltera, vulnerable y estresada. No había sabido nada del niño hasta esa noche, pero no era excusa para haber sacado conclusiones precipitadas.

Mientras se daba una ducha caliente pensó en sus invitados. No sabía la historia de Heather y su hijo, pero tampoco importaba. Estuviera o no dispuesta a aceptar su ayuda, en esos momentos la necesitaba. Su hijo y ella estaban enfermos, y como no parecía que hubiera nadie más para cuidarlos, iba a tener que encargarse T. J.

Una de las primeras cosas que Hank Calvert les había enseñado a él y a sus hermanos era que había que ayudar a cualquiera que estuviese en apuros. Les había dicho que la vida estaba plagada de obstáculos y que la única forma de superarlos era trabajando en equipo. Y si había alguien que necesitaba ayuda en esos momentos era Heather Wilson.

Pero Hank no se había topado nunca con una mujer tan testadura como Heather, pensó mientras se secaba y se acostaba. Era una mujer extremadamente orgullosa que defendía a ultranza su independencia, igual que la madre de T. J.

Delia Malloy también había sido madre soltera, con todas las responsabilidades que eso conllevaba. T. J. siempre le estaría agradecido por lo bien que lo había cuidado y los sacrificios que había hecho. Pero cuando tenía diez años los dos enfermaron de gripe, y fue entonces cuando su vida cambió para siempre.

Su madre se desvivió para que se recuperara sin problemas, pero lo que no hizo fue cuidar de sí misma. Físicamente agotada, contrajo una neumonía y no le quedaron fuerzas para combatir la infección. Murió una semana más tarde, y T. J. tuvo que irse a vivir con su anciana bisabuela.

Fue el comienzo de una espiral de perdición que acabó en el rancho Last Chance. Su bisabuela era demasiado vieja para ocuparse de él, y él estaba demasiado dolido y furioso por la pérdida de su madre como para dejarse educar y aconsejar. Empezó a frecuentar malas compañías y a cometer delitos, y a los treces años lo habían arrestado en cinco ocasiones por vandalismo. Poco después falleció su bisabuela y los servicios sociales decidieron que dejarlo con otra familia de acogida solo serviría para agravar el problema, de modo que lo dejaron al cuidado de Hank Calvert. Fue lo mejor que podía haberle pasado, pero no quería que el hijo de Heather pasara por lo mismo.

El pequeño necesitaba a su madre, y T. J. iba a encargarse de que no le faltara… al menos por aquella vez. Le gustara o no a Heather, iba a ocuparse de ellos mientras estuvieran enfermos y sin posibilidad de regresar a su casa. No permitiría que el pequeño tuviera la misma infancia sin madre que él.

A la mañana siguiente Heather yacía en la cama, sintiéndose como si la hubiera arrollado un camión. Los músculos no le dolían tanto como en los días anteriores, pero seguían extremadamente débiles. Tan solo el intento de levantar la cabeza le costaba un esfuerzo monumental. Por suerte no le dolía la cabeza, pero aún tenía la temperatura muy alta y estaba temblando. Gracias a Dios había podido reunir el dinero suficiente para que vacunaran a Seth contra la gripe un par de meses antes. Así al menos no tenía que preocuparse del contagio.

–*Ma-ma* –dijo Seth, golpeándole el brazo.

Heather supo que estaba a punto de llorar. Seth solo tenía dos años y desde los tres meses dormía sin problemas por la noche. Pero no estaba acostumbrado a dormir en otro sitio que no fuera su cama y su habitación, por lo que debía de sentirse confuso y desorientado en aquel entorno desconocido.

–No pasa nada, cariño.

Le frotó la espalda con la esperanza de que durmiera un poco más antes de pedir el desayuno. Con la gripe era terriblemente agotador ocuparse ella sola de un niño pequeño y de los caballos, y aunque no estaba muy grave, necesitaba dormir lo más posible.

Justo cuando Seth empezaba a dormirse de nuevo, unos golpes en la puerta lo despertaron y le provocaron la inevitable llantina.

Temblando de frío y sintiendo un enorme peso en las piernas. Heather tomó a su hijo en brazos y se levantó para ir a abrir, sin acordarse de que solo llevaba la camisa de franela de Malloy y unas braguitas.

–¿Qué? –espetó.

–Pensé que a tu hijo y a ti os apetecería comer algo –dijo Malloy, mostrándole una bandeja con comida.

En otras circunstancias no habría sido tan antipática con él, pero la idea de comer le revolvía el estómago. Y además por culpa de Malloy su hijo se había despertado.

–Gra-gracias, pero… –se calló al ver su expresión–. ¿Qué-qué pasa?

–Permíteme que te ayude a volver a la cama –dijo él, pasando junto a ella para dejar la bandeja en la cómoda–. Te preguntaría si tienes fiebre, pero ya sé la respuesta.

–¿Co-cómo lo sabes? –sus dientes parecían unas castañuelas.

Él se giró, le quitó a Seth de los brazos y a ella le pasó un brazo por los hombros para llevarla hacia la cama.

–Intuición –respondió con una sonrisa.

Al meterse en la cama vio que Seth había dejado de llorar y que miraba la bandeja con interés.

–*Mamá, comer.*

Ella gimió y empezó a levantarse, pero Malloy la detuvo.

–¿Eso significa que tiene hambre? –ella asintió y él señaló la bandeja–. He preparado unas tostadas y huevos revueltos. ¿Crees que me dejará darle de comer mientras tú descansas?

Ella volvió a asentir y se cubrió con el edredón. Si no estuviera tan cansada se habría preguntado por qué T. J. Malloy era tan amable con ella en vez de estar pensando en lo atractivo que era. La única explicación era que estuviese delirando por culpa de la fiebre. Lo que necesitaba era descansar un poco para recuperar el juicio y darle de comer a su hijo.

Capítulo Dos

Cuando Heather volvió a abrir los ojos el sol se filtraba entre las cortinas y Seth dormía profundamente junto a ella. Al mirarlo de cerca vio que llevaba un pijama y que sus rojizos cabellos estaban pulcramente peinados.

¿Cuánto tiempo había estado dormida y de dónde había salido aquel pijama?

El reloj de la mesita de noche le reveló que había dormido ocho horas seguidas. No recordaba haber dormido tanto desde que nació Seth.

El corazón le dio un vuelco. ¿Se había ocupado T. J. Malloy de su hijo?

Recordaba vagamente que unos golpes en la puerta habían despertado a Seth, y que al abrir vio a Malloy con una bandeja de comida. ¿La había ayudado a volver a la cama o lo había soñado?

Al darse cuenta de que lo único que llevaba puesto era una camisa de Malloy y las braguitas, cerró los ojos y deseó que las últimas veinticuatro horas hubieran sido un sueño. Aparte de la vergüenza porque un desconocido la viera medio desnuda, no le gustaba que Malloy se hubiera ocupado de Seth. No conocía a su vecino, y por los encontronazos que habían tenido no estaba segura de que fuera la mejor compañía para su hijo. Las pocas veces que Magic Dancer había saltado la valla que dividía sus terrenos, Malloy se lo había devuelto con una hostilidad francamente desagradable.

–¡Los caballos! –exclamó de repente, al acordarse de los animales que tenía que alimentar. Confió en que el camino volviera a estar transitable. Tenía que llegar cuanto antes a casa para ocuparse de los caballos y vaciar los cubos que había dejado en el lavadero para las goteras.

Al incorporarse comprobó que se sentía mucho mejor. No tenía fiebre, y lo peor de la gripe parecía haber pasado. Una noche y medio día de sueño reparador eran indudablemente una gran ayuda. Si hubiera tenido la oportunidad de descansar apenas se puso enferma la recuperación habría sido mucho más rápida.

Pero el descanso era un lujo que no podía permitirse desde hacía mucho tiempo, y le costaba acordarse de lo que era recibir ayuda de alguien. Después de tener a Seth se había visto obligada a despedir a los hombres que habían trabajado para su difunto padre. No tenía dinero para pagarles y la única manera de sacar adelante el rancho era encargarse ella sola de alimentar a los caballos, limpiar los establos y otras muchas tareas, además de cuidar de un niño pequeño.

Con cuidado de no despertar a Seth, se levantó, pero tuvo que volver a sentarse en la cama cuando las rodillas empezaron a temblarle. Tal vez se sintiera mejor, pero seguía estado muy débil. Iba a costarle un enorme esfuerzo levantar cubos de agua y balas de heno.

Volvió a intentarlo, y había conseguido llegar a la mecedora donde estaba su ropa cuando la puerta se abrió.

–No deberías estar levantada –le dijo Malloy, acercándose a ella.

–¿Es que no sabes llamar a la puerta? –tal vez tuviera derecho a moverse libremente por su casa, pero a ella no le hacía ninguna gracia. Agarró los vaqueros y el jersey y se cubrió con ellos.

–Solo venía a ver cómo está tu hijo. No esperaba que estuvieras despierta –se encogió de hombros como si no tuviera la menor importancia–. ¿Cómo te encuentras?

–Mucho mejor, y en cuanto me vista me marcharé a casa con Seth y te dejaremos en paz –ojalá la dejara sola para darse una rápida ducha antes de que se despertara su hijo.

–No te preocupes por volver a casa –dijo él, envolviéndola con su voz profunda y varonil como un manto caliente–. Deberías quedarte aquí hasta que no haya peligro de sufrir una recaída.

Heather sacudió la cabeza, tanto para rechazar su sugerencia como para detener el efecto que le provocaba su voz.

–Te agradezco todo lo que has hecho, pero no quiero causarte molestias, y además, tengo que ir a dar de comer a los caballos –las rodillas empezaron a temblarle de nuevo y se sentó en la mecedora.

–Lo único que tienes que hacer es descansar y recuperarte –replicó él, sonriendo–. Esta mañana envié a uno de mis hombres a tu rancho para que les dijera a tus trabajadores que tú y el pequeño estabais bien. Como no vio a nadie se ocupó él mismo de darles de comer a tus caballos.

Heather lo miró y se quedó sorprendida por lo que vio. T. J. Malloy no era simplemente un hombre bien parecido. Era arrebatadoramente atractivo.

Hasta ese momento solo se había fijado en su ceño fruncido y su temible actitud al amenazarla con emprender acciones legales si su caballo volvía a saltar la valla. Pero sin el sombrero negro podía ver un inesperado brillo de amabilidad en sus increíbles ojos color avellana. Y por alguna extraña razón sus cabellos castaños, que se le rizaban alrededor de las orejas y en la nuca, le parecieron tremendamente sexys.

Frunció el ceño. ¿Por qué se fijaba en aquellas cosas?

Tenía que ser efecto de la fiebre. En cuanto recuperara las fuerzas volvería a ver a T. J. Malloy como el hombre arisco y detestable que en realidad era.

–¿Te encuentras bien? –le preguntó él en tono preocupado.

–Eh... sí –asintió–. Solo estoy un poco cansada, nada más... Gracias por haberte ocupado de mis caballos.

–No hay de qué –le dedicó la misma sonrisa amistosa de antes–. ¿Les has dado el fin de semana libre a tus hombres?

–Parece que tú no lo has hecho, ya que has enviado a uno de los tuyos a ocuparse de mis caballos –repuso ella, evitando la pregunta.

No quería decirle que había tenido que despedir a sus dos trabajadores. Por un lado era una cuestión de orgullo. No quería que Malloy se enterara de que el Circle W estaba en una situación precaria. Y por otro, no quería que nadie supiera que su hijo y ella vivían solos en el rancho. Se sentía más segura si la gente creía que sus trabajadores aún vivían allí.

–Les ofrecí los días libres, pero ellos prefirieron que les pagara el doble a cambio de trabajar el fin de semana –le explicó él–. Así que no te preocupes por los caballos. Uno de mis hombres se ocupará de ellos mañana y el domingo, hasta que tus trabajadores vuelvan el lunes.

–No es necesario –insistió ella–. Puedo hacerlo yo.

Él se cruzó testarudamente de brazos y negó con la cabeza.

–Tienes que descansar un par de días más y recuperarte por completo de la fiebre antes de volver al trabajo. No te harás ningún ni bien a ti ni a tu hijo si acabas en el hospital con neumonía –el tono empleado y su lenguaje corporal le dijeron a Heather que no iba a ceder.

Pero ella era igual de testaruda que él, y también negó con la cabeza.

–No te preocupes por mí. Estaré bien.

–Eso dijiste anoche y esta mañana –observó él–. Pero a mí me parece que no tienes fuerzas ni para tenerte en pie.

Seguramente tenía razón, pero ella odiaba admitirlo. Casi tanto como encontrarlo tan atractivo.

–¿Y a ti qué te importa? –le espetó. Al parecer la gripe había eliminado todo resto de delicadeza.

La expresión de Malloy cambió y volvió a adoptar el gesto ceñudo al que ella estaba acostumbrada.

–La gripe no es algo que puedas tomarte a la ligera. Podría derivar en algo peor. Lo único que pretendo es que estés bien para cuidar de tu hijo.

Ella lo creyó, pero hacía mucho que nadie se preocupaba por su bienestar. Hasta los padres de su difunto novio cortaron todos los lazos con ella cuando murió su hijo. Desde entonces no habían vuelto a ponerse en contacto con ella, aun sabiendo que se había quedado embarazada y que había tenido un hijo. Fue entonces cuando Heather decidió que no necesitaba la ayuda de nadie. Era una mujer fuerte e independiente y podía salir adelante por sí misma.

Se encogió de hombros y bajó la mirada a la ropa que tenía en el regazo.

–Lo siento si te parezco desagradecida –dijo sinceramente–. Mi actitud es del todo inexcusable y realmente aprecio tu ayuda. Pero he seguido cuidando a Seth desde que pillé la gripe y ya me siento mucho mejor. Seguro que estaré bien –lo miró a los ojos–. De verdad.

–Respeto a tu necesidad de independencia –dijo él en un tono más amable–, lo único que quiero es ayudarte un par de días más. Quédate aquí a descansar, al menos hasta mañana. Haré que uno de mis hombres se ocupe de tus caballos, y así solo tendrás que preocuparte de ti y de tu hijo cuando vuelvas a casa.

Era obvio que no iba a ceder, y Heather no se sentía capaz de mantener una batalla dialéctica. Y sinceramente, sería agradable no tener que ocuparse de todo ella sola para variar.

–Está bien –concedió finalmente–. Uno de tus hombres puede ocuparse de mis caballos mañana, pero ahora que el camino vuelve a estar despejado no hay razón para que nos quedemos aquí y te sigamos molestando –señaló la puerta del baño–. Ahora, si me disculpas, me gustaría darme una ducha y vestirme. Seth y yo ya hemos abusado bastante de tu tiempo y generosidad. Además, estaremos más cómodos en nuestras camas.

Malloy abrió la boca para replicar, pero en aquel momento Seth se despertó y se puso a llorar. Normalmente no había ruido que pudiera despertarlo, pero en aquel entorno desconocido seguramente le había inquietado aquella discusión.

–Tranquilo, cariño –lo consoló ella, pero cuando se levantó para ir a tomarlo en brazos descubrió que le costaba mas esfuerzo que de costumbre.

–Déjame que te ayude –se ofreció Malloy, y se adelantó para levantar a su hijo. Sorprendentemente, Seth lo reconoció y apoyó la cabeza en su hombro mientras le sonreía a su madre, el muy traidor.

–¿Le has dado su medicina? –le preguntó, sintiéndose fracasada como madre. Se había quedado dormida mientras un desconocido le daba de comer a su hijo, lo cambiaba y empezaban a hacerse amigos.

Malloy asintió.

–Le he dado la dosis que aparecía en la etiqueta después del desayuno y del almuerzo.

–Parece que se te da muy bien cuidar niños –comentó ella. Por algún motivo sintió una ligera desazón al pensar que pudiera tener un hijo en alguna parte.

–Tengo un sobrino de diez meses y una sobrina de seis –respondió él como si le hubiera leído el pensamiento–. Pero aparte de lo que he aprendido observando a sus padres, siempre sigo el método de ensayo y error... Por eso he tenido que cambiarme la camisa después de comer –sonrió–. Probé a dejar que comiera él solo y enseguida me percaté del error.

Heather también sonrió, invadida por una emoción desconocida.

–¿Te importa echarle un ojo mientras me ducho?

–Claro que no. Tómate el tiempo que necesites. Te sentirás mejor.

–Me sentiré mejor cuando lleguemos a casa –miró los vaqueros y el jersey–. Seth necesita pañales y los dos necesitamos ropa limpia.

–No hay problema –dijo él–. Uno de mis hombres ha ido a Stephenville esta mañana a comprar las cosas que pensé que necesitabas. Ropa, pañales y comida para niños.

–¿Cómo sabía la talla?

–Le dije a Dan que se llevara a su mujer. Tienen tres hijos pequeños y pensé que si alguien sabía lo que necesitabais era Jane Ann –señaló la cómoda–. Tu ropa está ahí.

–Te lo pagaré todo –dijo ella, agradecida por tener ropa limpia–. ¿Tienes la factura?

–No, y no vas a pagarme nada.

–Claro que sí –apenas tenía dinero para gastos, pero seguía teniendo su orgullo. No era la sacacuartos por la que la habían tomado los padres de su novio cuando los llamó para comunicarles el nacimiento de Seth.

Malloy dejó escapar un suspiro de frustración.

–Lo discutiremos en otro momento, no ahora.

–Seguro que sí –se tiró de la camisa para cubrirse el trasero, sacó la ropa de la cómoda y se encerró en el baño.

Al mirarse en el espejo se le escapó un gemido. Su pelo parecía una fregona y estaba tan pálida que parecía un fantasma. Pero lo peor no era su aspecto, sino el peso que cargaba sobre los hombros. Una ducha y ropa limpia podían hacer que se sintiera mejor físicamente, y T. J. Malloy podía ofrecerle toda la ayuda del mundo, pero nada la libraría de la amarga realidad que la esperaba en casa. A menos que ocurriera un milagro antes de finales de enero, su hijo y ella se quedarían sin casa. Y no había nada que pudiera hacer para impedirlo.

Cuando Heather se metió en el baño y cerró la puerta, T. J. se sentó en la mecedora con Seth y dejó escapar el aire que había estado conteniendo.

¿Qué demonios le pasaba? Su vecina estaba al límite de sus fuerzas, enferma de gripe, demacrada y con un carácter extremadamente irritable. ¿Por qué, entonces, solo podía pensar en lo sexy que estaba con su camisa o en lo largas y contorneadas que eran sus piernas?

Aquella mañana había estado a punto de dejar caer la bandeja del desayuno cuando ella le abrió la puerta. No se había abrochado los dos botones superiores de la camisa, ofreciéndole a T. J. una sugerente imagen de sus pechos. Aun estando enferma y desmejorada seguía pareciéndole irresistiblemente sensual.

–Tú sí que estás enfermo, Malloy –murmuró para sí.

No se explicaba aquella atracción. Quería perderla de vista tanto como ella quería marcharse. Entonces, ¿por qué insistía tanto en que se quedara otra noche? ¿Por qué no había mantenido la boca cerrada y no la había ayudado a meter a su hijo en el coche para que se fueran cuanto antes?

Miró al pequeño y sacudió la cabeza.

–Tienes suerte de ser tan pequeño y no fijarte aún en las chicas... Te volverán loco sin proponérselo.

Seth lo miró y sonrió, y T. J. supo por qué no quería que se marcharan. Era inevitable comparar la situación de Seth con la que él había vivido de niño. Un niño merecía tener a su madre todo el tiempo posible, y aunque Heather ya había superado lo peor de la enfermedad y creía estar lista para irse a casa, Malloy quería asegurarse de que no corriera el menor riesgo. Heather no podía ocuparse de un rancho y de un niño mientras estuviera convaleciente.

–Solo intento que puedas seguir contando con tu madre, pequeño –le dijo al niño.

Seth le sonrió y le dio unos golpecitos en la mejilla mientras balbuceaba algo incomprensible. Seguramente le estaba agradeciendo lo que hacía por ellos, y T. J. sintió un nudo de emoción en el pecho. Si alguna vez tenía un hijo, ojalá fuera como aquel.

–Haré lo que esté en mi mano para que podáis estar juntos todo el tiempo posible.

Algo le decía que había un motivo más poderoso que ese, pero no quería escarbar en sus razones. No estaba seguro de que le gustara lo que descubriese.

El estruendo de un trueno seguido del golpeteo de la lluvia en el tejado lo hizo sonreír.

–Parece que la madre naturaleza está de acuerdo conmigo en que os quedéis los dos aquí...

Unos minutos después Heather salió del baño con el jersey gris que le había comprado Jane Ann. Incluso con aquella prenda holgada ofrecía una imagen tan sugerente que T. J. tragó saliva y sintió la reacción de la parte inferior de su cuerpo.

–No tienes elección. Vas a tener que quedarte aquí hasta mañana.

Ella entornó sus brillantes ojos azules.

–¿Me estás diciendo que no vas a dejarme marchar?

–No, nada de eso –aclaró él rápidamente. Había visto aquella expresión en sus cuñadas cuando sus hermanos metían la pata–. Simplemente es una observación.

Heather frunció el ceño.

–¿Te importaría explicarte?

–Escucha –señaló el techo y vio la decepción

reflejada en el rostro de Heather–. Está lloviendo a cántaros, igual que ayer. El arroyo se habrá desbordado de nuevo.

Ella gimió y se sentó en la cama.

–Tengo que hacer cosas en casa.

–Los caballos ya están atendidos, y seguro que cualquier otra cosa que debas hacer puede esperar a mañana –nada más decirlo supo que había vuelto a enfadarla.

–¿Te parece insignificante lo que hay que hacer? –le preguntó con una mirada gélida.

–Depende –no entendía por qué su comentario la había ofendido… ni por qué le resultaba tan excitante cuando se indignaba–. Si algo necesita mi atención inmediata me ocupo de ello enseguida.

–¿Y por qué crees que para mí es diferente? –dobló la ropa del día anterior y la metió en la bolsa de la compra–. No tienes ni idea de lo que tengo que hacer ni de lo que necesita mi atención inmediata.

T. J. se sentía como si estuviera atravesando un campo de minas.

–No quería decir que tus preocupaciones sean menos importantes que las mías –irritado por su temperamento, dejó al niño en el suelo y vio cómo se dirigía hacia su madre antes de levantarse de la mecedora–. Lo que digo es que cualquier cosa que debas hacer tendrá que esperar hasta que te recuperes del todo–. Y antes de que esta situación empiece a… –miró al pequeño y se detuvo a tiempo. No quería ejercer una mala influencia en el vocabulario del niño– fastidiarme, creo que iré a ver qué puedo hacer de cenar –salió al pasillo y se giró–. Subiré más tarde para ayudaros a bajar. Ni se te ocurra intentarlo tú sola. Ya me dirás cómo piensas irte de aquí si te rompes el cuello.

Antes de que ella pudiera decir nada, cerró la puerta y fue a la cocina a ver qué podía hacer de cenar.

–Maldita sea –mascullló mientras abría el frigorífico para sacar los condimentos y el fiambre. Lo dejó todo en la mesa y sacó una hogaza de pan de la panera–. Si se cae por la escalera seguro que encuentra la manera de demandarme.

–¿Necesitas ayuda, Malloy?

Se volvió y vio a Heather y a su hijo en la puerta. Cerró los ojos y contó hasta diez.

–No escuchas lo que te digo, ¿verdad? –le espetó al volver a abrir los ojos–. En tu estado no deberías bajar las escaleras tú sola. ¿No has pensado que tú o tu hijo os podríais haber caído y haberos hecho mucho daño?

–No soy una minusválida. Siempre lo he hecho todo yo sola. Además, hemos bajado muy despacio y agarrándome a la barandilla –se encogió ligeramente de hombros–. ¿Ves? No ha pasado nada.

T. J. sacudió la cabeza con resignación.

–Hazme un favor y no vuelvas a intentarlo. No quiero que tientes tu suerte.

–Lo pensaré –guardó un breve silencio–. ¿Por qué eres tan amable con nosotros? ¿Qué te importa lo que pueda ocurrirnos?

T. J. la miró fijamente. Entendía bien sus recelos. Las únicas veces que se habían visto él la había acusado, de muy malos modos, de que su semental había montado a sus yeguas y había echado a perder su programa de crianza.

–Antes de seguir tengo que explicarte algo –le dijo, muy serio–. Todas las veces que tuve que llevarte tu caballo estaba muy disgustado porque había montado a varias de mis yeguas. Me dedico a criar y adiestrar caballos de doma, y las correrías de ese semental retrasaron mi programa un año por lo menos –sacudió otra vez la cabeza–. Pero podría haber sido más cortés cuando te pedí que lo tuvieras encerrado, en vez de amenazarte con denuncias y demandas.

Ella lo miró en silencio un largo rato, antes de asentir.

–Entiendo tu frustración, y lamento haber provocado un retraso en tu programa. Intenté mantener encerrado a Magic, pero no hay cuadra ni valla que lo retenga.

–Algunos caballos son así –concedió T. J.–. Sobre todo cuando hay un harén de yeguas esperándolo.

Los dos se quedaron callados, hasta que ella volvió a hablar.

–Te debo otra disculpa. Has sido muy amable y te estoy muy agradecida por tu ayuda. Antes me sentía frustrada porque no podía llegar a casa con Seth, pero no debí pagarlo contigo. Lo siento.

–Acepto tus disculpas si tú aceptas las mías. Tendría que haber sido más comprensivo con las escapadas de tu caballo.

Un atisbo de sonrisa asomó en los labios de Heather.

–Y para que lo sepas, no te habría demandado si me hubiera caído por las escaleras…

T. J. no pudo evitar una sonrisa mientras abría un armario para sacar dos platos.

–Me alegro de no tener que llamar a mi abogado. ¿Qué tal si empezamos de nuevo e intentamos ser un poco más amistosos de ahora en adelante?

Al ver el brillo en sus ojos azules y los hoyuelos que se le formaban en la cara al sonreír sintió que el corazón le daba un vuelco. ¿Cómo había podido estar tan ciego como para no darse cuenta de lo guapa que era?

–Supongo que ser amigos es mejor que querer pegarte un tiro –dijo ella, ajena a sus pensamientos.

T. J. se rio, liberando parte de la tensión.

–Sí, es mejor ser amigos, sin duda –señaló las lonchas de queso y fiambre que tenía delante–. Mi ama de llaves está en Dallas con su familia hasta después de Año Nuevo, y a mí no se me da muy bien cocinar. Espero que no te importe una cena a base de sándwiches.

–Un sándwich para mí está bien. No tengo mucho apetito. Pero si no te importa me gustaría buscar algo más para Seth. Intento que tome verduras todos los días.

–Cuando envié a Dan y a su mujer a Stephenville, Jane Ann compró comida congelada para niños –señaló el frigorífico–. Dijo que no era lo más apropiado para niños pequeños, pero que sería mejor para Seth que lo que yo hubiera intentando darle –se rio–. La calenté en el microondas para almorzar y la verdad es que Seth se lo pasó muy bien tirándome macarrones y albóndigas.

–Es muy bueno para no tener ni dos años, pero tiene sus momentos –dijo, riendo mientras abría la puerta del frigorífico.

El sonido de su risa le desató una ola de calor en el pecho a T. J. No sabía por qué, pero le gustaba hacerla reír.

T. J. frunció el ceño mientras terminaba de preparar los sándwiches. Él y Heather apenas se conocían, no parecía probable que pudieran ser amigos. ¿Por qué le importaba tanto su risa?

No estaba seguro de la respuesta, pero decidió que era mejor no indagar en el asunto. Ya tenía bastantes problemas con el hecho de que Heather y su hijo no llevaban ni veinticuatro horas en el Dusty Diamond y a él ya le parecía una mujer irresistiblemente sexy… aun estando enferma de gripe y con aquel chándal holgado.

Si aquello no era prueba suficiente de que estaba profundamente trastornado, no sabía qué demonios podía ser.

–Es una sala de estar muy interesante –comentó Heather cuando T. J. les enseñó la casa después de cenar–, pero creo que se asemeja más a la típica guarida masculina que a una sala para acoger reuniones familiares.

Él se rio.

–De hecho es así como la llamo, pero pensé que sonaría más sugerente si me refería a ella como sala de estar.

Una pared estaba ocupada por una barra de aspecto clásico que parecía salida de un salón del viejo oeste. Estaba hecho de caoba, y las elaboradas tallas frontales se complementaban con una superficie de mármol y un reluciente reposapiés a pocos centímetros del suelo. Un gran espejo con un marco dorado colgaba de la pared del fondo, entre varios estantes llenos de botellas de whisky, ron y tequila. Junto al extremo de la barra había una mesa de billar con bolsillos de cuero, esperando que alguien golpeara las brillantes bolas de colores sobre el paño verde. Lo único que faltaba era una chica con colorete en las mejillas y mirada pícara.

–¿Te apetece ver una película? –le propuso él, dirigiéndose hacia el televisor de plasma más grande que Heather había visto en su vida. Ocupaba casi toda la pared, y los altavoces dispuestos alrededor de la estancia garantizaban al espectador una sensación de realismo como si formara parte de la acción–. Tengo televisión por cable y canales de cine de pago. Seguro que podemos encontrar algo que te guste.

El inmenso sofá de cuero ante el televisor era una tentación casi irresistible.

–Tal vez en otra ocasión –dijo, ocultando un bostezo con la mano–. Estoy muy casada, y dentro de poco tendré que acostar a Seth.

–Es normal que estés cansada. Aún no has recuperado las fuerzas –Seth pasó junto a él, hacia una cesta llena de juguetes junto al sofá–. Antes de que preguntes si son míos, los tengo aquí para mis sobrinos.

–¿Cuidas de ellos a menudo?

–No los veo mucho debido a la rotación. Pero de vez en cuando mis hermanos y mis cuñadas me piden que cuide a sus hijos cuando quieren ir al cine o a una cena sin niños.

–¿Qué es eso de la rotación?

–Tengo cinco hermanos. Tres de ellos están casados, y a menos que quieran salir todos juntos, mis otros dos hermanos y yo nos turnamos con Mariah.

–¿Es tu hermana?

–No, es la hermana de nuestra cuñada.

–¿Qué pasa cuando las parejas salen juntas?

Él sonrió.

–Que los solteros nos reunimos para hacer de canguros todos juntos.

–Eso suena muy bien –sacudió la cabeza, riendo–. Seis chicos... No me imagino lo que tuvo que ser para tus pobres padres.

–En realidad son mis hermanos adoptivos –aclaró él–. Nos conocimos siendo adolescentes y crecimos juntos en el rancho Last Chance.

–Oh, lo siento –se disculpó ella, preguntándose si sería un tema doloroso para Malloy.

–No pasa nada. Gracias a nuestro padre adoptivo, Hank Calvert, irnos a vivir a su rancho fue lo mejor que nos pasó a todos. Llegamos a ser una verdadera familia y haríamos cualquier cosa por cualquiera de nosotros.

–Es genial –dijo Heather sinceramente. Si ella hubiera tenido una relación similar con su hermana, no habría vivido una situación tan dramática durante los dos últimos años.

–¿Y tú, tienes hermanos o hermanas?

–Tengo una hermana mayor, pero Stephanie vive con su marido en Japón y hace años que no sé nada de ella.

–Debe de ser muy duro –dijo él en tono compasivo.

–Me gustaría decir que sí –admitió ella con una punzada de remordimiento–, pero mi hermana y yo nunca hemos estado unidas ni hemos tenido nada en común. A mí siempre me gustó crecer en el Circle W y no me imaginaba viviendo lejos de aquí. Pero ella solo quería crecer cuanto antes y largarse lo más lejos que pudieran llevarla sus zapatos Prada de imitación. Ni siquiera se molestó en venir a casa para el funeral de nuestro padre, hace dos años.

T. J. la rodeó con el brazo por los hombros y la apretó contra su costado.

–Nunca es demasiado tarde, Heather. Puede que algún día tu hermana y tú os volváis a encontrar.

El reconfortante abrazo de T. J. no solo la desconcertó a ella. Cuando levantó la mirada y se encontró con sus ojos avellana supo que también él estaba sorprendido.

Un incómodo silencio siguió al contacto físico. Heather decidió poner distancia entre ellos y se apartó para dirigirse hacia su hijo.

–Creo que debería acostar a Seth –dijo con dificultad.

–Os ayudaré –se ofreció T. J., levantando al niño y sentándoselo en el antebrazo.

–Gracias, pero puedo hacerlo sola –tendió los brazos hacia Seth, pero el niño sacudió la cabeza y le rodeó con su pequeño brazo el cuello a T. J., sonriéndole a su madre como para hacerle entender que no había más que hablar. Quería que lo llevara T. J. y así fue.

Mientras recorrían el pasillo y subían la escalera, Heather se preguntó si no sería conveniente conseguir una barca para la próxima crecida del río. En circunstancias normales no sería necesario. El rancho siempre había estado bien provisto para subsistir en caso de quedarse aislados. Pero la noche anterior no le había quedado más remedio que arriesgarse a cruzar el río. Seth necesitaba atención médica, y la única solución era llevarlo a urgencias.

Si tuviera una barca podría irse a casa y no tendría que depender de la generosidad de un hombre que no dejaba de desconcertarla y que había convertido a su hijo en un traidor.

Pero de nada le serviría una barca si no podía seguir viviendo en el Circle W. Y a menos que ocurriera un milagro que le permitiera pagar los impuestos pendientes, perdería su hogar y su hijo y ella tendrían que irse a vivir a otra parte.

La idea de perder lo que había pertenecido a su familia durante varias generaciones era insoportable, y decidió esperar hasta que estuviera de nuevo en casa para considerar sus opciones. No podía pensar con la mano de T. J. en la parte inferior de su espalda, guiándola mientras subían los escalones.

No estaba nada cómoda con lo que sentía. Ya tenía demasiadas preocupaciones como para añadir una atracción indeseada hacia su sexy vecino.

El corazón se le aceleró. ¿T. J. Malloy le parecía un hombre sexy?

Tenía que irse a casa y recuperar la perspectiva.

Llegaron a la habitación que compartían Seth y ella y alargó los brazos para que T. J. le pasara a su hijo.

–Gracias otra vez por todo lo que has hecho por nosotros.

–Solo estoy haciendo lo que haría cualquier buen vecino –respondió él. Le puso a Seth en los brazos y los dos permanecieron unos instantes mirándose en silencio. Al principio, a Heather le pareció detectar un atisbo de compasión, pero a los pocos segundos sintió que el aire se cargaba con una tensión que no experimentaba desde que murió su novio, poco después de saber que estaba embarazada.

El silencio se hizo incómodo y ella carraspeó y alargó la mano hacia la puerta.

–Te… –volvió a carraspear–, te veo mañana.

Él siguió mirándola unos segundos más, antes de asentir.

–Que duermas bien, Heather –alargó el brazo y le acarició la barbilla con un dedo.

Su voz grave y profunda y su tacto hicieron que se le desbocara el corazón. Tuvo que emplear toda su fuerza de voluntad para no arrimarse a él.

–Bu-buenas noches, T. J.

Antes de hacer más el ridículo, se llevó rápidamente a su hijo al dormitorio y cerró la puerta tras ellos. ¿Acaso había perdido el juicio o qué? Ni siquiera estaba segura de que pudiera confiar en T. J. Malloy. ¿Por qué se quedaba sin aliento cada vez que él le clavaba la mirada de sus cautivadores ojos avellana? ¿Y por qué no se había resistido a su caricia?

No quería meter a ningún hombre en su ya complicada vida. Tenía un hijo al que criar y un rancho que salvar. Lo último que necesitaba eran distracciones, incluido un vaquero bienintencionado con una mirada hipnótica y una desconcertante habilidad para recordarle el tiempo que llevaba sin que un hombre la estrechara entre sus brazos.

Capítulo Tres

Al día siguiente por la tarde, T. J. observaba desde el camino de entrada cómo el sedán gris de Heather se alejaba hacia la carretera. Se metió las manos en los bolsillos y suspiró profundamente. Heather estaba casi recuperada de la gripe y no había peligro de una recaída. ¿Entonces, por qué no se alegraba de verla marchar?

Ni siquiera estaba seguro de que le gustara. Heather parecía tomarse como una ofensa todo lo que él decía, e intentar convencerla de que aceptara su ayuda, una ayuda muy necesaria, era como intentar convencer a los pájaros de que no anidaran en los árboles. Habían establecido una tregua, pero no era definitiva, ni mucho menos.

La situación se había vuelto muy embarazosa entre ellos después de que la abrazara en la sala de estar y le acariciara la mejilla en su dormitorio. Aquella mañana había sido un alivio para ambos que Seth estuviera durante el desayuno, y en las horas siguientes ella le había leído un cuento y él se había puesto a gatear por la sala de estar con el niño montado en su espalda.

¿Por qué se sentía tan abatido por su marcha?

Tenía que ser honesto consigo mismo. La razón por la que Heather se había marchado tan apresuradamente y su reticencia a dejar que se fuera no tenía nada que ver con los caballos ni con la preocupación porque sufriera una recaída.

La noche anterior había visto en sus expresivos ojos azules lo mismo que ella debía de haber visto en los suyos. Y el ligero balanceo de su cuerpo al tocarle la mejilla le dijo que también ella había sentido el tirón magnético.

Al perder de vista el coche sacudió la cabeza y se dirigió hacia el establo. Que Heather Wilson lo excitara de aquella manera no significaba absolutamente nada. Era una mujer soltera y muy atractiva que se había alojado en su casa, y él era un hombre que llevaba mucho tiempo ignorando su libido. ¿Cómo no iba a fijarse en sus largas piernas y fantasear con ellas alrededor de su cintura mientras la penetraba hasta el fondo?

Maldijo en voz baja al sentir que su cuerpo empezaba a reaccionar. ¿Había perdido el juicio? Heather Wilson era la última mujer con la que debería excitarse. Discutía con él por todo y era una lucha constante mantener los buenos modales con ella. No sabía nada de ella, aparte de que vivía en el rancho vecino al suyo, que tenía un caballo especialista en fugas y que su niño pequeño era una monada.

–Jefe, ¿tiene un momento?

Levantó la mirada y vio a uno de sus hombres dirigirse a él.

–Claro –respondió, agradecido por la interrupción–. ¿Qué pasa, Tommy Lee?

–¿No me había dicho que los hombres de la señorita Wilson tenían el fin de semana libre?

T. J. asintió.

–Deberían estar de vuelta el lunes. ¿Por qué?

–No sé si esto significa algo, pero antes, cuando fui a su rancho para dar de comer a los caballos, observé algo que me pareció extraño.

–¿El qué? –preguntó T. J. con el ceño fruncido–. Cuando ayer envié a Harry no me comentó nada. ¿Qué has visto tú?

–Seguramente tampoco yo lo habría visto, pero anoche el viento soplaba con fuerza y debió de abrir la puerta del barracón. Cuando fui a cerrarlo eché un vistazo al interior –Tommy Lee meneó la cabeza–. No había ni rastro de que allí viviera alguien, ni parecía haber sido usado en mucho tiempo. Todo estaba lleno de polvo y olía a cerrado.

T. J. volvió a fruncir el ceño. No era probable que los hombres de Heather durmieran en otra parte, pues la jornada de un vaquero empezaba antes del amanecer y todos vivían cerca del lugar de trabajo. Dan, el capataz de T. J., vivía con su familia en una de las dos pequeñas casas que T. J. había construido en la finca cuando compró el Dusty Diamond.

–Pensé que debía saberlo –continuó Tommy Lee.

–Gracias por la información.

–¿Quiere que vuelva mañana por la mañana para alimentar a los caballos?

–No, iré yo mismo –respondió T. J. entrando en el guardarnés mientras Tommy Lee volvía a la puerta que estaba reparando al fondo del establo.

Tendría que ser uno de sus hombres el que fuera al rancho de Heather. No era asunto suyo lo que pasara con sus trabajadores, pero quería ver cómo estaban ella y Seth, sin profundizar demasiado en los motivos.

Agarró una brida y se dirigió a una de las casillas para sacar al castrado que estaba domando. ¿Por qué Heather le había hecho creer que les había dado el fin de semana libre a sus hombres si no tenía a nadie trabajando para ella? ¿Estaría intentando ocuparse ella sola del Circle W? ¿Con un niño pequeño y enferma de gripe?

Llevó el caballo a los aparejos para ensillarlo. No sabía qué le ocultaba Heather Wilson, pero estaba decidido a averiguarlo.

Si sus sospechas eran ciertas y Heather se ocupaba del rancho ella sola, sin ningún tipo de ayuda, eso explicaría muchas cosas. Por ejemplo, por qué no había hecho que sus hombres reparasen la valla cada vez que el semental se colaba en el Dusty Diamond. Todo buen ranchero mantenía su vallado en buenas condiciones, sobre todo para no causarle molestias al vecino. Pero si no contaba con ninguna ayuda, ¿cómo iba ella a levantar una valla con un niño en brazos?

Acababa de asegurar la cincha cuando le sonó el móvil.

–¿Qué pasa, Nate? –preguntó al ver el número de su hermano en la pantalla.

–La otra noche olvidé preguntarte qué quieres que lleve a la fiesta de Nochevieja. Pero ten en cuenta que no sé distinguir una judía de un perdigón, así que tendrá que ser algo que pueda comprar precocinado.

–No te preocupes, Taylor y Bria se han ofrecido para ocuparse de la comida –Taylor había sido cocinero profesional antes de casarse con Lane, y Bria era la mejor cocinera de Texas.

–Tenemos suerte de contar con nuestras cuñadas –comentó Nate–. Bria y Taylor cocinan como nadie, y a Summer le encanta planificar nuestros encuentros hasta el último detalle. Así que nosotros no tenemos que ocuparnos de nada.

T. J. se rio.

–¿Acaso harías tú algo si ellas no lo hicieran?

–Eh, te he dicho que puedo comprar comida precocinada para llevar a la fiesta –protestó Nate, muy satisfecho consigo mismo por su contribución.

–¿Qué vas a hacer cuando te mudes al rancho Twin Oaks y te canses de comer sándwiches o platos recalentados?

–Lo mismo que tú. Contrataré a un ama de llaves que sepa cocinar.

–*Touché.* No sabía que hubieras hecho planes

para transformar tu rancho en un palacio de placer. Puede que por fin estés empezando a madurar.

–De eso nada –replicó Nate, riendo–. Si lo hiciera me parecería demasiado a ti.

–¿Y eso qué tiene de malo?

–Si fuera como tú, metería la pata cada vez que intentara hablar con una mujer. Sabes tanto de mujeres como yo de cocina.

–¿Ah, sí? ¿Qué te hace pensar eso?

–Fíjate en tu vecina, por ejemplo. Podrías haberle mostrado tu encanto cuando le devolviste el caballo, en vez de portarte como un energúmeno –Nate hablaba como si fuera un experto en el sexo femenino–. Podrías haber sonreído y charlado con ella sobre el tiempo, o del nuevo restaurante que han abierto en Stephenville… cualquier cosa menos el verdadero motivo por el que ibas a verla. Seguro que ella se habría ofrecido a reparar la valla sin que tú sacaras el tema. Resultado: los dos quedaríais contentos. Tú habrías conseguido lo que querías y ella habría pensado que era idea suya.

El buen humor se le desvaneció al instante de a T. J. Los encontronazos con Heather siempre habían sido un tema muy espinoso, pero tras haberla conocido mejor y haber descubierto que intentaba hacerse cargo del rancho sin ayuda de nadie, se sentía demasiado culpable para hablar del asunto con nadie, y menos con su mujeriego hermano. Nate no tenía forma de saber lo ocurrido durante las últimas cuarenta y ocho horas, y él no iba contárselo, pero los comentarios de Nate se acercaban peligrosamente a lo que T. J. ya había asumido: que se había comportado como un auténtico imbécil.

Era el momento de cambiar de tema, y sabía exactamente qué decir para distraer a Nate.

–¿Te funciona esa forma de pensar con la rubia de Waco?

Era la única mujer con la que Nate había vuelto después de seguir con sus conquistas, y toda la familia se preguntaba si sería su pareja definitiva.

Nate tardó un buen rato en contestar.

–Jessica y yo ya no nos vemos –respondió finalmente, pero no parecía muy seguro de sí mismo.

–¿Otra vez habéis roto? ¿Quieres hablar de ello?

–No hay mucho que decir. Ella quiere una cosa y yo otra.

Los dos volvieron a guardar silencio.

–Sabes que puedes contar con nosotros para lo que sea –dijo T. J.

–Ya me conoces. Estoy bien –le aseguró Nate, pero su risa sonaba un poco forzada–. Me gusta mantenerme abierto a opciones.

Hablaron unos minutos más y luego T. J. llevó el caballo a la pista, donde lo montó y se puso a entrenarlo para la competición de doma. Pero mientras el caballo ejecutaba impecablemente los pasos, la mente de T. J. divagaba.

A Nate no se le daban tan bien las mujeres como quería dar a entender, porque si lo fuera no habría roto con la rubia. Por desgracia, no había nada que T. J. pudiera hacer por él. Pero sí que podía hacer algo por Heather y su hijo.

Al día siguiente por la mañana iría al Circle W y evaluaría la situación por sí mismo. Y si descubría que Heather no contaba con ninguna ayuda para llevar el rancho, no importaría cuánto pudiera protestar ella. La ayudaría se pusiera como se pusiera. Y a cambio su conciencia quedaría tranquila por lo mal que había manejado el asunto del caballo.

Heather bostezó mientras le ponía a Seth el abrigo y el gorro y se lo colocaba en la mochila portabebés.

–En cuanto hayamos dado de comer a los caballos y hayamos limpiado las cuadras, podrás echarte la siesta mientras yo intento ajustar el presupuesto para arreglar el techado del lavadero.

Su hijo le sonrió y apoyó la cabeza en su pecho. Le encantaban los caballos y no dejaba de balbucear entusiasmado mientras ella limpiaba los establos, hasta que se quedaba dormido. No era fácil trabajar con un niño sujeto al pecho, y empleaba el doble de tiempo y esfuerzo en las tareas, pero después de un año y medio los dos se habían acostumbrado a la rutina.

Al salir de casa vio una camioneta con el logotipo del Dusty Diamond en el costado aparcada junto a su viejo Toyota. No le sorprendió que T. J. hubiera vuelto a enviar a uno de sus hombres para hacerse cargo de las faenas. Nunca había conocido a un hombre tan empeñado en salirse con la suya. T. J. había decidido que ella no podía trabajar y estaba haciendo todo lo posible para asegurarse de que no lo hiciera.

Pero al cruzar el patio vio que era T. J. en persona el que esperaba junto a la puerta del establo. El corazón le dio un vuelco y ahogó un gemido a su pesar. T. J. estaba apoyado, con los brazos cruzados y sus largas y fuertes piernas cruzadas por los tobillos. Pero tenía el sombrero negro calado sobre la frente y la misma expresión ceñuda que ella le había visto cuando le devolvía el caballo.

La desilusión se apoderó de ella. Justo cuando empezaba a creer que era un buen tipo él volvía a ser el vecino crítico y antipático.

–¿Qué haces aquí, Malloy?

–He venido a ocuparme de tus caballos y ver si Seth y tú estáis bien –respondió él secamente.

–Como puedes ver, los dos estamos muy bien y soy perfectamente capaz de cuidar de mis caballos –se detuvo delante de él–. Y ahora, si me disculpas, tengo cosas que hacer.

T. J. descruzó los tobillos y le bloqueó el paso.

–Ya les he dado de comer a los caballos y los he sacado al campo para que hagan ejercicio. He limpiado los establos y los he llenado de paja fresca. Los caballos están otra vez en las casillas y no necesitarán nada hasta mañana.

–¿Cuánto tiempo llevas aquí? –preguntó Heather, incómoda porque él hubiera estado tanto rato en el rancho sin que ella se hubiera dado cuenta.

¿Y si se hubiera tratado de otra persona, alguien con intenciones no tan buenas? Un ladrón podría haberse llevado lo que hubiera querido y ella no se habría enterado de nada. O peor aún, alguien podría haber entrado en la casa antes de que ella pudiera usar la vieja escopeta de su padre, que colgaba de la repisa de la chimenea.

Tampoco le habría servido de mucho. Tenía el gatillo roto y hacía más de veinte años que no se usaba. Y ella ni siquiera sabía cómo cargarla. Pero con un poco de suerte serviría para ahuyentar a cualquiera que allanara su casa.

–El tiempo suficiente para saber que no has sido del todo sincera conmigo, Heather –respondió él–. ¿Por qué no hablamos en la casa? Aún hace frío aquí fuera.

–No hay nada de que hablar –replicó ella–. No te he mentido.

En parte tenía razón. Únicamente le había omitido algunos detalles.

Él frunció aún más el ceño y apretó la mandíbula. En aquel mismo momento comenzó a llover.

–Por favor, ¿podemos entrar en la casa antes

de ponernos como una sopa? No sería bueno para ti ni para Seth.

–Tengo que hacer el inventario de las provisiones –arguyó ella–. Mañana iré a comprar al pueblo y quiero asegurarme de que no falte nada.

–Necesitas avena, heno y paja –dijo él. La rodeó con un brazo y la giró hacia la casa–. Pero creo que ya lo sabes.

Heather no protestó más y dejó que la condujera hacia la casa. Por un lado, su hijo y ella tenían que resguardarse de la lluvia, y por otro, el brazo de T. J. apretándola contra el costado le resultaba muy reconfortante.

Sabía que solo intentaba protegerlos a ella y a Seth de la lluvia, pero eso no mitigaba la sensación que le provocaba su proximidad. Su olor limpio y varonil, combinado con su calor corporal, la envolvían en una deliciosa nube.

–Déjamelo mientras te quitas el abrigo –le dijo T. J. al entrar en la casa. Se quitó la chaqueta de cuero y la dejó sobre una silla mientras ella se desataba las correas del portabebés. T. J. sonrió y tomó a su hijo en brazos–. Hola, pequeño. ¿Me has echado de menos?

Seth balbució un adormilado saludo y le apoyó la cabeza en el hombro. T. J. le quitó el gorro y el abrigo mientras Heather colgaba su chaqueta en el lavadero para que se secara. Al volver a la cocina se le encogió el corazón al ver a T. J. meciendo a su hijo contra su pecho. ¿Cuántas veces se había lamentado de que Seth no llegara a conocer a su padre?

Extrañamente, no le importaba que un hombre que no era su novio, especialmente T. J. Malloy, entablara aquel vínculo especial con su hijo. Al contrario. Lo que le preocupaba era que Seth sufriese cuando su nueva figura paterna perdiera todo interés en ellos.

–Se ha dormido –dijo T. J. en voz baja–. ¿Dónde quieres que lo acueste?

Heather lo condujo al pequeño dormitorio de Seth. T. J. lo dejó en la cama y los dos regresaron a la cocina.

–Supongo que ya te habrás dado cuenta de mis dificultades económicas para llevar el rancho –dijo Heather, resignada. T. J. no iba a marcharse sin una explicación.

Él asintió y se sentó despreocupadamente en una silla.

–¿Cuánto tiempo llevas ocupándote de todo sin ayuda?

Ella suspiró. No tenía sentido ocultar la verdad. T. J. había visto con sus propios ojos el mal estado en que se encontraba el rancho.

–Al morir mi padre seguí contando con sus dos trabajadores, hasta que Seth tuvo cuatro meses.

–Osea, que llevas sola casi dos años.

–Sí.

–¿Por qué no me lo dijiste cuando te traje el caballo?

–La primera vez que trajiste a Magic yo ni siquiera estaba en casa –respondió ella a la defensiva–. Lo metiste en el corral y dejaste una nota en la puerta, advirtiéndome de que no volviera a colarse en tu rancho.

–Podrías habérmelo dicho las otras veces –observó él–. Habría sido más comprensivo de haberlo sabido. Podría haberte ayudado.

–Vamos, Malloy, estabas tan furioso que no me habrías escuchado si hubiera intentado explicártelo. Además, no era asunto tuyo... y tampoco lo es ahora –añadió, irritada por el tono y la expresión acusadora de T. J.

–Te habría ayudado –repitió él, ignorando sus palabras–. Al menos, habría hecho que mis hombres te reparasen el vallado.

–No necesito la caridad de nadie –su irritación crecía por momentos. No quería que nadie sintiera lástima por ella, y mucho menos T. J. Malloy. No estaba segura de la razón, pero no soportaba que la viera como una pobre desvalida–. Y no quiero tu compasión.

–No he dicho que me compadezca de ti –dijo él amablemente mientras se ponía en pie–. Pero no hay nada malo en aceptar la ayuda de un vecino. Solo intento hacer lo que considero apropiado.

A Heather se le aceleraron los latidos cuando él se aproximó.

–Agradezco tu ayuda, pero...

Él se detuvo a pocos centímetros de ella y le

puso un dedo en la barbilla para hacerle levantar la cabeza.

–Heather, siento haberme comportado como un imbécil por lo del caballo. Pero te juro que soy un hombre razonable. Te habría escuchado y lo habría entendido todo si me hubieras explicado tu situación.

Su voz profunda y varonil la sosegó de tal modo que cuando le rodeó la cintura con los brazos y se inclinó hacia delante, ella fue incapaz de detenerlo. El beso fue ligero, suave y breve, sin propósito de excitarla. Por desgracia, la caricia de sus labios le resultó tan irresistiblemente sensual que el cuerpo le respondió por sí solo y se pegó a él.

El beso y el abrazo de T. J. se intensificaron, y Heather intentó convencerse de que no era una buena idea. Pero el tacto de sus labios y de su lengua le hizo cerrar los ojos y le impidió encontrar una sola razón para detenerlo. Sin pensar en lo que hacía, le rodeó los hombros con los brazos y le entrelazó los dedos. El corazón se le desbocó cuando él le hizo abrir la boca y le introdujo la lengua entre los labios. Un calor que no sentía desde hacía mucho, muchísimo tiempo, empezó a propagársele por todos los rincones del cuerpo.

El repentino sonido de un trueno, seguido por el golpeteo de la lluvia en el tejado, la hizo volver a la realidad y apartarse de él.

¿Cómo había podido dejar que eso pasara?

–Lo siento –se disculpó T. J. sin intentar retenerla–. Creo que me he pasado de la raya.

–No, quiero decir, sí –sacudió la cabeza y corrió hacia el lavadero–. Tengo algo que hacer.

Encontró los cubos que usaba cuando llovía y los colocó bajo las goteras que caían del techo, entre la secadora y el calentador. Al volverse vio a T. J. observándola desde la puerta.

–Las goteras eran uno de los motivos por los que querías irte cuanto antes del Dusty Diamond, ¿verdad? Tenías que vaciar los cubos antes de que rebosaran.

Ella asintió y colocó otro junto a la caldera.

–No he tenido tiempo para reparar el techo.

–¿Desde cuándo está así?

–Desde el verano. Una tormenta arrancó varias tejas y no he tenido oportunidad de reemplazarlas.

–Las tormentas fueron en primavera –observó él, cruzándose de brazos.

La postura y el tono reflejaban su desaprobación. Para él era muy fácil juzgarla. No era él quien tenía que desvivirse para criar sola a un niño y buscar el dinero para todo lo que necesitaba reparación en el rancho. Ni era él quien ofrecería una imagen patética y vulnerable si pedía ayuda.

–Gracias por ocuparte de mis caballos, pero no tienes que tomarte más molestias para ayudarme –pasó junto a él para agarrar la chaqueta y se la tendió mientras se dirigía hacia la puerta trasera–. Seguro que tienes cosas más importantes que hacer que ayudarme con cosas que no te conciernen en absoluto.

T. J. la miró un momento, como si quisiera replicarle, y se puso la chaqueta.

–Si necesitas ayuda con lo que sea no dudes en llamarme.

–Lo tendré en cuenta –le abrió la puerta–. Pero no te preocupes por nosotros. Seth y yo estaremos bien.

Apenas había atravesado el umbral cuando la puerta se cerró con un fuerte portazo. Oyó como Heather echaba el cerrojo al otro lado y sacudió la cabeza.

–Pues sí que es difícil ser un buen vecino –murmuró mientras echaba a correr hacia la camioneta.

Heather había vuelto a enfadarse, y T. J. sospechaba que era una simple cuestión de orgullo. Estaba claro que necesitaba ayuda, pero si T. J. había aprendido algo en los últimos días era que Heather Wilson no iba a pedirla por las buenas.

¿Por qué se empeñaba en demostrar que podía valerse sola? ¿Por qué le daba tanto miedo que alguien se compadeciera de ella?

Había visto con sus propios ojos la precaria situación en que se encontraba su rancho. Normalmente los rancheros almacenaban suficientes provisiones para aguantar un par de semanas, como poco. Heather apenas tenía para un par de días. Y el color de sus mejillas al hablarle de las goteras evidenciaba lo avergonzada que se sentía de su situación.

Maldijo su obstinado orgullo y abandonó el Circle W en la camioneta. Si Heather se lo permitiera, él podría facilitarle muchísimo las cosas. Pero el infierno se congelaría antes de que eso ocurriera.

La lluvia arreciaba, y T. J. tenía que dedicar toda su atención a la carretera. Los limpiaparabrisas estaban a máxima velocidad, pero poco podían hacer con el diluvio que estaba cayendo. De repente frenó en seco y masculló una retahíla de obscenidades que habrían escandalizado hasta a un marinero. Tan distraído había estado con Heather y el estado de su rancho que se había olvidado por completo del arroyo y la inevitable crecida. El nivel del agua bajaba rápidamente en cuanto dejaba de llover, pero no parecía que fuera a escampar pronto.

Solo tenía dos opciones: quedarse en la camioneta a esperar, posiblemente hasta el día siguiente, o dar media vuelta y regresar al rancho Circle W.

A Heather no le haría ninguna gracia, ni a él tampoco, pero iba a tener que quedarse en su casa hasta que el camino volviera a estar transitable.

Unos minutos después estaba llamando a la puerta.

–La carretera está inundada –dijo cuando Heather le abrió.

Ella miró la lluvia, suspiró y se apartó para permitirle la entrada.

–Pondré otro plato en la mesa –dijo en tono resignado–. Parece que vas a quedarte aquí bastante tiempo.

Capítulo Cuatro

Después de comer en un incómodo silencio con un invitado inesperado, Heather se alegró de que T. J. se llevara a Seth a jugar al salón mientras ella lavaba los platos y recogía la cocina. Necesitaba poner distancia entre ellos para averiguar por qué perdía el sentido común cada vez que se encontraba cerca de él.

Normalmente era una mujer muy racional y tranquila. Tal vez un poco más orgullosa de lo que debería, y bastante testaruda en algunas cosas, pero no conocía a nadie que no tuviera algunos defectos. El problema radicaba en que su comportamiento era del todo irracional cuando estaba con T. J., quien parecía tener la capacidad de sacarla de quicio y al minuto siguiente hacer que se derritiera en sus brazos.

Tenía que admitir, sin embargo, que parte del problema era lo avergonzada que se sentía por su situación. Era extremadamente humillante que alguien viera el estado en que se encontraba el Circle W dos años y medio después de la muerte de su padre. Sobre todo que lo viera un hombre como T. J., quien tenía familia y más dinero del que podría gastar en su vida. Hubo un tiempo en que el Circle era uno de los mejores ranchos del condado, especializado en la cría de caballos de carreras y que proporcionaba a otros ranchos de Nuevo México las monturas para sus actividades de equitación. Pero actualmente no era ni la sombra de lo que había sido.

Cuando su padre vivía había al menos media docena de trabajadores y un centenar de caballos pastando en los campos. Los establos y graneros estaban pintados de rojo y blanco, los árboles y arbustos siempre estaban podados y todo presentaba un aspecto impecable. Pero tras su muerte Heather no había tenido el tiempo ni el dinero para mantenerlo. El agua se filtraba por el techo, las vallas apenas se mantenían en pie, la pintura se descascarillaba y la maleza lo cubría todo.

Ahogó un gemido al pensar en lo que le había dicho a su moribundo padre en el hospital. Postrado en la cama con un cáncer terminal, su padre le había suplicado que conservara el rancho que había pertenecido a su familia durante ciento cincuenta años. Heather le había dado su palabra, pero la promesa se hacía cada vez más difícil de cumplir.

Aquello era lo que más le dolía; no ser capaz de cumplir la última voluntad de su padre sería uno de los mayores fracasos de su vida. Su padre y ella siempre habían estado muy unidos. Él había sido su mejor amigo y le había enseñado todo sobre el rancho. Heather pensaba que aquella cercanía había provocado en parte la distancia emocional que había entre ella y su hermana.

En realidad Stephanie era su hermanastra, la hija que su madre había tenido en un matrimonio anterior. Por lo que Heather sabía, su padre había colmado de atenciones a Stephanie hasta que ella nació ella. Después de eso, su hijastra pasó a un segundo plano, y era lógico que Stephanie albergara un profundo resentimiento hacia Heather.

–¿Necesitas ayuda? –le preguntó T. J. tras ella.

–No, acabo de terminar –tan absorta estaba en sus pensamientos que no le había oído acercarse. Reprimió el estremecimiento que le recorría el cuerpo y se secó las lágrimas antes de girarse–. ¿Dónde está Seth?

–En la cama –rio–. Creo que lo he agotado. Hemos estado jugando un rato con un establo que muge cuando se abre la puerta, hasta que se acurrucó en mi regazo y se durmió.

–Gracias por cuidar de él mientras yo me ocupaba de esto –le agradeció mientras ponía la cafetera–. No siempre es fácil hacer las tareas mientras lo vigilo.

–Es un chico estupendo. Me gusta pasar tiempo con él.

Heather respiró hondo. No era culpa de T. J. que el rancho estuviera cayéndose a pedazos poco a poco. No podía seguir pagando su frustración con él.

–Sigue lloviendo –observó mientras sacaba un par de tazas–. ¿Te apetece un poco de café?

–Claro. No recuerdo que haya llovido nunca tanto dos días seguidos en esta época del año.

–Yo tampoco –corroboró ella, colocando una taza frente a él.

Al mirarse el uno al otro recordó lo reconfortante que era hablar con alguien adulto. Tan ocupada había estado con Seth y el rancho que no se había dado cuenta de lo realmente sola que estaba.

El silencio se hizo incómodo y a Heather solo se le ocurrió una manera de aliviar la tensión.

–Siento haber reaccionado como lo hice cuando me preguntaste por las goteras.

Él la observó por el borde de la taza.

–Solo quería ayudar... Pero como tú misma has dicho, lo que hagas con tu rancho no es asunto mío.

–Eso no justifica mi comportamiento –insistió ella, cada vez más arrepentida. T. J. solo había intentado ayudarla y ella se había mostrado hostil y desagradecida–. Me sentía... avergonzada.

T. J. dejó la taza en la mesa y asintió.

–Lo suponía, pero te juro que no te estaba criticando al preguntarte desde cuándo tenías goteras.

–El Circle W no siempre estuvo en estas condiciones –aclaró ella, mirando fijamente su café–. Era el rancho de caballos más bonito del condado, pero en los dos últimos años me ha sido muy difícil mantenerlo.

–¿Desde que tuviste a Seth?

–Los problemas de dinero empezaron antes… cuando murió mi padre –no sabía por qué era importante para ella que T. J. comprendiera sus circunstancias–. El seguro cubrió su tratamiento, pero no del todo –agarró la taza con las dos manos para que no le temblaran–. Tuve que usar los ahorros de mi padre para pagar las facturas médicas, y conseguí mantener a los dos únicos hombres que quedaban en el rancho. Pero cuando Seth fue lo bastante grande para llevarlo en el portabebés, no tuve más remedio que despedirlos y ocuparme yo de las tareas –levantó la mirada y sintió un nudo en el pecho al ver la compasión en el rostro de T. J.

–¿Fue entonces cuando tu caballo empezó a escaparse?

Ella asintió.

–Entre cuidar de mi hijo y ocuparme yo sola del rancho no tenía tiempo para reparar las vallas, y no había nadie que pudiera ayudarme.

–¿Te las has arreglado tú sola todo este tiempo? –frunció el ceño–. ¿Y el padre de Seth? ¿No podría haberte ayudado?

–El padre de Seth murió en un accidente poco después de saber que yo estaba embarazada.

–Lo siento, Heather.

–Gracias, T. J. –tragó saliva para deshacer el

nudo de la garganta. Le sentaba bien poder hablar de ello con alguien–. Fue el periodo más difícil de mi vida, perder a mi novio y unos meses después a mi padre, pero lo superé. Tengo un hijo maravilloso y él me tiene a mí, aunque no tengamos más familia.

Los dos guardaron unos instantes de silencio.

–Sé que no es asunto mío, pero ¿cómo has hecho para llegar a fin de mes hasta ahora?

Heather tardó un poco en contestar. La preocupación de T. J. parecía sincera, y unida a lo atractivo que le parecía podía ser una combinación letal.

–Mi novio me dejó una pequeña pensión antes de morir. Y si es necesario vendo una de las yeguas de cría.

T. J. pareció sorprendido.

–No sabía que…

–No eres el único que se dedica a la crianza de caballos –lo interrumpió ella con una sonrisa–. Magic Dancer es un caballo de carreras reconocido a nivel mundial, y ganó muchos premios antes de que mi padre lo retirara de la competición –se levantó para rellenar las tazas–. Algunos de los potros que engendró han ganado campeonatos mundiales en sus categorías, y también mis yeguas de cría.

–En otras palabras, tu semental no echó a perder mi programa, sino que tal vez lo mejoró –T. J. frunció el ceño y se inclinó hacia delante–. No sabía que fuera un caballo de carreras. ¿Por qué no me lo dijiste cuando me puse echo una furia?

Heather se echó a reír.

–Tal vez lo habría hecho si te hubieras detenido un momento para tomar aire.

T. J. la agarró de la mano y tiró de ella para sentársela en el regazo.

–¿Qué tal si empezamos de nuevo y nos olvidamos de todo lo que pasó antes de que os encontrara a ti y a Seth en el arroyo?

Sus confesiones no habían ahuyentado a T. J. Más bien todo lo contrario. Sin saber qué se proponía, asintió y lo miró fijamente a sus fascinantes ojos avellana.

–¿Por... por qué no empezamos de nuevo ahora en vez de hace tres días? –preguntó con voz débil y temblorosa.

La sonrisa de T. J. le aceleró el pulso y le provocó un vuelco en el estómago.

–Si lo hiciéramos, tendría que olvidar lo atractiva que estabas con mi camisa de franela y lo sugerentes que son tus piernas –la rodeó con un brazo por la cintura y le acarició la mejilla con la otra mano–. Y eso es algo del todo imposible... También yo tengo algo que confesar.

El corazón se le iba a salir del pecho.

–¿El qué?

–Puede que me pasara de la raya al besarte, pero no me arrepiento en lo más mínimo. De hecho, me gustaría volver a hacerlo.

–No creo que sea buena idea –murmuró ella.

–¿Por qué no, Heather? –le preguntó en un tono tan íntimo y sensual como sus caricias en la mejilla.

Heather sabía que había muchas y buenas razones para no besarlo, pero en aquel momento no se le ocurría ninguna. Los dedos de T. J. le estaban provocando estragos en sus facultades mentales.

–¿Te gustó cuando te besé? –insistió él.

Que Dios la ayudara, pero no podía mentirle ni aunque lo intentase.

–Sí, me gustó mucho.

–Entonces ¿qué tal si te beso ahora y luego decidimos por qué no es buena idea?

Antes de que ella pudiera responder, la estaba besando en los labios.

Heather cerró los ojos y desistió de resistirse. Rodeada por el calor varonil de T. J., el cuerpo le pedía entregarse incondicionalmente a aquel beso. Él exploró los recovecos de su boca con las suaves caricias de su lengua y la hizo hervir de deseo al deslizarle una mano desde la mejilla hasta el hombro. Y cuando descendió hacia la curva del pecho, Heather sintió que renacía en ella una pasión olvidada. Sabía que podría perder la cabeza en las emociones que T. J. le despertaba.

La dureza de su erección contra la cadera debería haberle devuelto el sentido común, pero la prueba palpable de su deseo avivó aún más las llamas que se propagaban dentro de ella. Dominada por una pasión salvaje, recordó que hacía más de dos años y medio que su cuerpo no experimentaba nada igual. Había estado tan ocupada en su papel de madre soltera y propietaria de un rancho en crisis que había olvidado lo que era sentirse una mujer en brazos de un hombre que la deseaba.

Se le escapó un gemido cuando T. J. le deslizó lentamente la mano por el costado, la cadera y la rodilla, antes de volver a subir por la cara interna del muslo. Incapaz de permanecer quieta, empezó a desabrocharle la camisa. Cuando extendió las manos sobre su pecho desnudo, el tacto de su poderosa musculatura y los fuertes latidos de su corazón casi la dejaron sin aliento.

Él interrumpió el beso y le prodigó un reguero de mordisquitos hasta la oreja.

–Creo que voy a ir un rato al establo, cielo.

Su cálido susurro le puso la carne de gallina. Tuvo que parpadear unas cuantas veces hasta entender lo que le había dicho.

–Per-pero ya te has ocupado de los caballos. No hay nada que hacer allí hasta mañana.

Él se rio y la dejó en el suelo antes de levantarse y volver a abrazarla.

–Sí, pero si no salgo a enfriarme un poco, acabaremos haciendo algo para lo que no estás preparada o yo acabaré perdiendo la cordura –la besó en la nariz–. Volveré a tiempo para cuidar de Seth mientras tú haces la cena.

Se abrochó la camisa y se puso la chaqueta

para salir, y Heather agradeció a las estrellas que hubiera tenido la fortaleza para terminar el beso.

¿Qué demonios le había pasado? Tener una aventura con T. J. Malloy, precisamente con él, en aquellos momentos de su vida sería una locura. Sus prioridades eran su hijo y su rancho, y lo último que necesitaba era añadir una relación emocional o física.

Claro que también podría estar exagerando con la situación. Que hubiera una indudable química entre ellos no significaba nada. Lo único que necesitaban los hombres para excitarse era una mujer dispuesta.

Las mejillas le ardieron al pensar en su reacción. No le había mostrado el menor atisbo de rechazo, y seguramente le había hecho pensar que era una mujer fácil. O peor aún, desesperada por recibir las atenciones de un hombre.

Dejó las tazas en el fregadero y fue a ver a su hijo. T. J. solo buscaba pasar un buen rato, y aunque ella no le estaba poniendo trabas, tampoco era una mujer que valorara el compromiso por encima de todo. Tenía un niño pequeño que contaba con ella para protegerlo... del desamparo y de los hombres que no tenían intención de formar una familia.

Mirando a Seth, se juró que sería más fuerte y sensata de lo que había sido hasta entonces. No iba a permitir que T. J. se metiera demasiado en sus vidas para luego olvidarlos cuando se cansara de ellos. Ella podía soportar el rechazo y la decepción, pero por nada del mundo permitiría que su hijo sufriera.

–¡*Ota vez!* –exclamó Seth, alborozado.

–¿Otra? –T. J. dejó escapar un exagerado gemido. El crío disfrutaba como loco cuando T. J. lo paseaba sentado en su espalda por el salón, y no se cansaba de pedírselo una y otra vez–. ¿No prefieres jugar con el establo que muge cuando se abre la puerta?

–¡*No! Quie´o monta´caba´ito.*

–Parece que os lo pasáis muy bien –comentó Heather, entrando en el salón.

–¡*Mi cabai´to!* –dijo Seth, golpeando a T. J. en la cabeza.

–Es un caballo estupendo, cariño, pero ya es hora de bañarse y acostarse.

–¡*No! ¡Quie´o monta´ mi caba´ito!*

–Seth... –el tono de Heather advirtió a T. J. de que no sería sensato contradecirla.

–¿Un último paseo y ya está? –sugirió. No quería desilusionar al chico, pero tampoco quería interferir en su educación.

–*Po´ favo...* –pidió Seth.

–Por favor... –repitió T. J. con una sonrisa.

–Esto no es justo –se quejó Heather, pero de acuerdo. Uno más y después al baño y a la cama.

–*´ta bien* –dijo Seth alegremente, tirando de la camisa de T. J. –. ¡*A´e caba´ito!*

T. J. le dio otro paseo por el salón y se detuvo delante de Heather, quien tomó a su hijo en brazos y se lo llevó al cuarto de baño mientras T. J. se sentaba en el sofá a ver un poco la televisión. No le apetecía ver nada en particular, pero necesitaba una distracción para aliviar la tensión que se había creado entre ellos desde aquella tarde.

Aquella mañana, cuando había ido a dar de comer a los caballos, había notado que varias de las casillas necesitaban urgentes reparaciones. De modo que por la tarde, al abandonar la casa con la adrenalina fluyendo por sus venas, se había puesto a asegurar todos los tablones sueltos que pudo encontrar.

Al regresar a la casa una hora más tarde, Heather no le había dicho nada y él se había imaginado el motivo. Era evidente que, mientras él intentaba desahogarse, ella había estado pensando en la química que había prendido entre ellos y en lo rápido que amenazaba con descontrolarse. T. J. había visto la pasión en sus ojos después del beso y, conociendo a las mujeres, sospechaba que Heather se había propuesto que no volviera a ocurrir.

Frunció el ceño. Había sentido la atracción entre ellos desde que Heather salió del coche la noche en que ella y Seth se quedaron en su casa. Habría que ser idiota para no darse cuenta. Pero no se había esperado que fuera algo tan fuerte, y seguro que Heather tampoco.

La atracción la asustaba, y tampoco él se sentía muy cómodo al respecto. Le gustaba su vida tal y como era. No buscaba ninguna relación estable. Iba y venía a su antojo sin tener que responder ante nadie. Sin embargo, no estaba seguro de que fuera posible ignorar lo que estaba creciendo entre ellos.

Disgustado consigo mismo, y demasiado nervioso para quedarse sentado, se levantó y fue a mirar por la ventana. Había dejado de llover, pero habría que esperar hasta el día siguiente para atravesar el arroyo. Al menos podría ocuparse de los caballos de Heather antes de volver a su rancho.

Heather volvió al salón después de haber bañado y acostado a Seth. Parecía tan seria que T. J. le puso las manos en los hombros.

–¿Qué ocurre?

–Vamos a la cocina. Allí podemos hablar sin molestar a Seth.

Él asintió y esperó hasta que ambos estuvieron sentados.

–¿Qué sucede, Heather?

Ella respiró profundamente y lo miró a los ojos.

–Cuando pase la riada y puedas volver a tu rancho, preferiría que no vinieras más.

–¿Por qué? ¿Es por el beso de esta tarde?

–Sí y no.

–¿Te importaría explicármelo? –aparte del beso, no sabía qué otra cosa podía haber hecho para disgustarla.

–No quiero que te ofendas por lo que voy a decirte, pero no quiero que te acerques más a Seth.

De todas las posibles quejas que podría haber recibido, lo último que se esperaba era que le prohibiese relacionarse con su hijo.

–¿Y cómo voy a hacerlo, según tú? –exigió saber él–. Que yo sepa, Seth y yo nos llevamos muy bien. Hasta tengo cuidado con mi lenguaje para que no aprenda palabras inapropiadas.

–Y yo aprecio que lo hagas.

Él se cruzó de brazos y se recostó en la silla.

–¿Entonces de qué se trata, Heather? ¿Por qué primero confías en mí para que cuide de él y luego me dices esto?

–Intento impedir que se acostumbre demasiado a ti –explicó ella–. No quiero que sufra.

Aquello fue el colmo para T. J. Se echó hacia delante y la apuntó con el dedo.

–Vamos a dejar clara una cosa, Heather Wilson. Yo jamás haría ni diría nada que os hiciera daño a ti o a Seth. No soy esa clase de hombre y nunca lo seré.

–Lo sé –afirmó ella–. Pero los niños no entienden de riesgos. Cuando quieren a alguien lo hacen con todo su amor y confianza. No se dan cuenta de que un ser querido puede desaparecer de sus vidas en cualquier momento. A él le gusta estar contigo, pero si empieza a depender de ti no entenderá tu ausencia cuando te canses de nosotros.

T. J. la miró un largo rato. Seth no era el único al que Heather intentaba proteger. También ella tenía miedo de sufrir, aunque no se diera cuenta. Era un temor justificado, después de todo lo que había perdido.

Pero su mandíbula endurecida le dijo que había tomado una decisión y que de nada serviría intentar convencerla.

–Tú decides –concedió él. Se levantó y se dirigió al salón–. Si no te importa, me gustaría ver las noticias. ¿Puedo tumbarme en el sofá?

Una sombra de decepción le cruzó fugazmente el bonito rostro a Heather, confirmando las sospechas de T. J. Tenía miedo de acostumbrarse a él y necesitar su compañía.

De lo que no se daba cuenta, algo que él no iba a decirle, era de que ya había empezado a depender de él. Ya quería que formase parte de su vida y de la de Seth. De lo contrario, no la habría contrariado que T. J. no intentara hacerla cambiar de opinión.

–Lamento que tengas que dormir en el sofá –dijo ella a modo de disculpa–. Tuve que cerrar las habitaciones del piso superior para ahorrar en calefacción.

–No hay problema –la siguió al armario del pasillo y ella le tendió una almohada y una manta. Sus manos se rozaron ligeramente, y T. J. intentó ignorar el hormigueo que le subía por el brazo.

–Hasta mañana.

–Buenas noches –se fue al salón y arrojó la manta y la almohada en el sofá, antes de sentarse en un sillón y encender la tele.

¿Qué demonios estaba pasando? Él no estaba interesado en una relación emocional con ninguna mujer. ¿Por qué la exigencia de Heather lo había afectado tanto?

Debería ser un alivio, pero la testarudez y el miedo irracional de Heather lo irritaban más de lo que quería admitir.

Reflexionó sobre su conversación mientras miraba distraídamente la pantalla. Los recelos de Heather se debían a que había perdido a los dos hombres más importantes de su vida en un período de tiempo relativamente corto. Tenía que haberse sentido terriblemente abandonada, y aunque no fuera consciente de ello, su rechazo actual a intimar con alguien se debía al miedo de perder a una nueva persona en su vida.

¿Estaba él dispuesto a aceptar esa carga emocional?

La química era demasiado fuerte entre ellos. No podían estar a menos de diez pasos el uno del otro sin que a él lo invadiera el deseo de estrecharla entre sus brazos. Y las reacciones de Heather le demostraban que ella quería lo mismo.

¿Qué iba a hacer al respecto?

Nunca había tenido una relación de verdad. Había salido con muchas mujeres, sobre todo cuando era jinete de rodeo y tenía una legión de admiradoras ávidas por añadir su nombre a su lista de conquistas. Y cada vez que necesitaba compañía femenina iba al Broken Spoke, en Beaver Dam, en busca de alguna mujer dispuesta a compartir una noche de placer. Pero nunca se había comprometido en serio con nadie, y menos con una mujer con un niño a cuestas.

Heather no era el tipo de mujer que un hombre se llevara a la cama para luego abandonarla sin más. Su hijo formaba parte del lote, y cualquier hombre que iniciara una relación con ella tendría que aceptarlo. ¿Estaba T. J. dispuesto a intentarlo? ¿Y si no funcionaba? No quería que Seth sufriera por su culpa.

Apagó la televisión y se quitó las botas para tenderse en el sofá. Un muelle roto se le clavaba en la espalda, y entonces supo lo que iba a hacer.

Heather era algo más que una madre soltera con problemas para llegar a fin de mes. Era la única mujer por la que se sentía realmente atraído desde hacía mucho tiempo, tal vez desde siempre. Tenía el presentimiento de que si se apartaba de ella se arrepentiría el resto de su vida, y su instinto nunca le había fallado.

Le gustara o no, Heather iba a tener que acostumbrarse a su presencia. Necesitaba alguien a quien acudir en caso de problemas, y T. J. no iba a fallarles a ella ni a Seth. De eso estaba más que seguro.

Lo único que debía hacer era convencerla de que le diera una oportunidad. Y eso iba a hacer en cuanto se levantara al día siguiente.

Capítulo Cinco

A la mañana siguiente Heather encontró la almohada y la manta que le había dado a T. J. doblada en el extremo del sofá, pero ni rastro de él. Entró en la cocina y miró por la ventana para ver si la camioneta seguía aparcada junto a su coche. No estaba.

La decepción la invadió de inmediato, pero se recordó que era lo mejor. Debería alegrarse de que T. J. hubiera hecho lo que le había pedido.

Pero no estaba contenta en absoluto.

Había pasado una noche horrible, pensando en las razones por las que le había pedido a T. J. que se apartara de ella y de su hijo. Era el único modo de impedir que Seth sufriera.

Pero ningún razonamiento lógico podía aliviar la amarga soledad que se apoderaba de su alma.

Suspiró y se giró para sacar una taza del armario. Fue entonces cuando vio una nota delante de la cafetera. En ella T. J. le decía que se había ocupado de los caballos, le agradecía el alojamiento y le pedía que le avisara si necesitaba algo.

–Ya has conseguido lo que querías –murmuró mientras se servía una taza del café que había dejado preparado T. J.

¿Por qué, entonces, se sentía tan mal?

–*Mamá, hamb´e* –dijo Seth, entrando medio dormido en la cocina.

–Enseguida te preparo tu desayuno favorito, cariño –lo levantó en brazos–. Copos de avena con canela y azúcar.

–*¿Caba´ito?* –preguntó él, mirando a su alrededor.

–T. J. ha tenido que irse a casa.

–*¡No! ¡Mi caba´ito!*

–Puede que lo veamos en otra ocasión –sugirió ella, esperando que bastara para tranquilizar a Seth.

El niño pareció quedar satisfecho, pero al cabo de un rato empezó a preguntar de nuevo por T. J., y siguió haciéndolo durante toda la mañana.

A la hora de la siesta Heather estaba a punto de echarse a llorar. Estaba claro que Seth echaba de menos a T.J... y ella también.

Se frotó los ojos. ¿Por qué él? ¿Por qué tenía que ser T. J. Malloy el que le despertara la pasión dormida y los deseos olvidados?

Al confesarle que estaba preocupada por Seth y el vínculo que se estaba creando entre el niño y T. J. había omitido deliberadamente lo asustada que estaba por lo que le hacía sentir a ella. T. J. le recordaba lo mucho que echaba de menos tener una relación, y lo solitaria que era su vida sin nadie con quien compartirla.

Él le había asegurado que la ayudaría con el rancho como haría un buen vecino, pero aparte de los besos no había hecho ningún comentario acerca de una relación. Y ella tampoco buscaba una.

¿O quizá sí?

Se sentó a la mesa de la cocina, abrumada por el estrés y las dudas, y oyó un vehículo acercándose. Miró por la ventana y vio dos camionetas blancas del Dusty Diamond, seguidas por la camioneta negra de T. J. y cargadas con balas de paja y heno y sacos de grano.

Una mezcla de emociones la invadió cuando lo vio bajarse de la camioneta. Por un lado se alegraba de verlo, pero por otro le molestaba que hubiese ignorado su decisión.

Iba a salir para encararlo cuando miró el reloj. Seth no tardaría en despertarse, y ella no quería dejarlo solo en casa, de modo que se quedó en el porche y llamó a T. J.

–¿Te importaría entrar un momento?

Él se acercó rápidamente, se detuvo ante ella y le dio un breve beso en los labios. Heather se quedó tan aturdida que no fue capaz de reaccionar.

–¿Qué ocurre, cariño?

Su sonrisa le provocó un estremecimiento por la espalda y le hizo olvidarse de cualquier imprecación o reproche.

–¿De-de dónde ha salido todo eso? –preguntó, señalando el cargamento que los hombres de T. J. estaban transportando al establo. Era más fácil concentrarse en lo que había hecho que en él mismo–. No puedo pagarlo. Solo compro lo que me puedo permitir.

–No te preocupes. Tenía heno de sobra en mi rancho. Y el otro día mi capataz encargó varias docenas de sacos de avena de más. Así no tendrás que ir al pueblo en los próximos días.

–Te dije que no quiero la compasión de nadie –le recordó ella, pero él tuvo el descaro de ignorarla.

–¿Dónde está el pequeño vaquero?

–Durmiendo la siesta. Diles a tus hombres que dejen de descargar los sacos y llévatelos de vuelta a tu rancho.

Él la agarró por el codo y la hizo entrar en casa.

–De eso nada, Heather. Estoy en deuda contigo y ya he esperado mucho para saldarla.

–¿De qué estás hablando? No tienes ninguna deuda conmigo.

–Claro que sí. Tu campeón semental ha inseminado a ocho de mis yeguas en los dos últimos años, y eso se paga.

–¿Te has vuelto loco o qué? Hasta ayer pensabas que Magic Dancer era un caballo cualquiera que había echado a perder tu programa de crianza.

–Y tú me has sacado de mi error –repuso él.

Se quitó la chaqueta, la dejó en una silla y se sentó como si estuviera en su casa–. Siéntate. Tenemos que hablar.

Ella permaneció de pie.

–¿De qué?

–Siéntate y te lo diré.

–¿Siempre te sales con la tuya? –preguntó, sentándose frente a él–. Anoche creí haberte dejado claro que...

–Luego hablaremos de eso –la interrumpió él con la misma expresión decidida que ella había visto la noche que la obligó a quedarse en su rancho–. Ahora quiero que me escuches y que esperes hasta que haya acabado.

Ella suspiró profundamente.

–De acuerdo.

–Mañana, después de que me haya ocupado de tus caballos...

–Te dije que me ocuparía yo de mis caballos –insistió ella.

Él se limitó a sonreír y ladear la cabeza, como si hubiera sabido que ella no podría quedarse callada.

–Oh, está bien –concedió, cruzándose de brazos–. Acaba lo que tengas que decirme.

–Después de que me haya ocupado de tus caballos, uno de mis hombres y yo vamos a subir al tejado a ver qué se puede hacer con las goteras –ella se dispuso a decirle que no lo consentiría, pero él levantó una mano–. Escúchame. Lo único que haremos es ponerle un parche que aguante hasta primavera. ¿Es la única gotera que hay en la casa?

–Sí, pero…

–Haremos un apaño para lo que queda de invierno y cuando llegue el buen tiempo podrás poner un techo nuevo –se recostó en la silla, muy satisfecho consigo mismo.

–¿Has acabado? –él asintió y ella negó con la cabeza–. No voy a tolerar que subas a mi tejado y corras el riesgo de caerte.

Sorprendentemente, él se echó a reír.

–Cielo, agradezco tu preocupación, pero sé lo que hago. Cuando estudiaba en la universidad me pasaba los veranos arreglando techos y participando en rodeos para costearme los estudios.

–Me da igual. No voy a permitírtelo. No sería justo que me arreglaras gratis el tejado, y en estos momentos no puedo pagarte. Y ya que hablamos de cosas que no puedo pagar, diles a tus hombres que se lleven todos esos sacos a tu rancho.

–Creía que eso ya había quedado claro –se levantó y rodeó la mesa. Antes de que ella se diera cuenta, la había levantado y había vuelto a sentarse con ella en su regazo–. La comida de los caballos es el pago por haber fecundado tu semental a mis yeguas. Fin de la discusión –la besó en el cuello–. Y mis hombres y yo arreglaremos las goteras mañana. Si quieres, puedes prepararnos la comida y así estaremos en paz.

¿Cómo iba a protestar ella si no podía ni pensar cuando él la abrazaba y besaba? ¿Y por qué no podía resistirse cuando se la sentaba en su regazo?

No lo sabía, pero cada vez que la tenía así no solo sentía la química que ardía entre ellos, sino una paz y seguridad como no había conocido en los últimos años.

–Y para que lo sepas, cuando anoche me dijiste que no volviera a veros, malinterpretaste mi silencio como señal de aceptación –siguió besándola en el cuello en dirección a la oreja–. No voy a desaparecer, cielo. Quiero ayudarte y facilitaros las cosas a ti y a Seth.

–No creo que tu presencia ayude a facilitar nada –dijo ella con sinceridad.

Él le sujetó el rostro con una mano y la miró fijamente a los ojos.

–Entre tú y yo hay algo, Heather. Sea lo que sea, sé que tienes miedo por ti y por Seth. Y si te soy sincero también lo tengo yo. Pero después de pensarlo mucho he decidido que no puedo ignorarlo. Nos guste o no, ahí está. Pero te doy mi palabra de que no haré nada que pueda haceros daño ni a ti ni a Seth.

–Deberíamos intentar ignorarlo –replicó ella sin mucha convicción.

–Lo siento, pero no –dijo él con firmeza, e inclinó la cabeza para besarla.

En cuanto sus labios entraron en contacto Heather desistió de luchar consigo misma y cerró los ojos. Tal vez no se sintiera cómoda con su deseo, pero anhelaba el beso de T. J. Quería que la hiciera sentirse como algo más que una madre soltera con problemas económicos y un rancho que se caía a pedazos. Quería que la hiciera sentirse como una mujer otra vez.

Él le hizo separar los labios y le deslizó la lengua por la boca para iniciar un sensual ritmo de avance y retroceso. El calor se le propagó por todo el cuerpo y sintió cómo despertaba su poder femenino cuando T. J. la animó a tomar el control y explorarlo igual que él la había explorado.

Le entrelazó los dedos en la su nuca y él apretó los brazos en torno a ella. Lo arañó ligeramente y sintió el gemido que le retumbaba en el pecho. Fue entonces cuando se dio cuenta de la erección que crecía presionada contra su cadera. El cuerpo le respondió de una manera tan intensa que no pudo evitar derretirse contra él.

–*¡Caba´ito!* –oyó el chillido de Seth.

Las llamas se apagaron al momento y se echó hacia atrás para ver si T. J. estaba molesto por la súbita interrupción del beso. Pero su comprensiva sonrisa la sorprendió. Muchos hombres no aceptarían de buen grado que un niño interrumpiera un momento de pasión. T. J., sin embargo, parecía tomárselo con filosofía.

–Seguiremos más tarde –le prometió a Heather. La besó en la nariz y levantó al niño con un solo brazo–. Hola, socio. ¿Has dormido bien?

–Sí –respondió alegremente Seth–. *Quie´o monta´ caba´ito.*

–Tendrás que pedirle permiso a tu madre –dijo él, riendo.

–*Po´ favo´, mamá…* –su hijo la miraba tan esperanzado que era imposible negarse.

–Un solo paseo y luego T. J. se irá a ayudar a sus hombres –concedió mientras se levantaba.

–*´ta bien* –la sonrisa de Seth le derritió el corazón.

Su hijo lo significaba todo para ella, pero T. J. tenía razón. No podían ignorar lo que había entre ellos, fuera lo que fuera. Ojalá no se estuviera encaminando hacia otra caída…

Pero al ver como T. J. se ponía a cuatro patas en el suelo para pasear a Seth por la cocina, se dio cuenta de que lo que había entre él y ella también incluía a su hijo. Seth no era un niño que aceptara fácilmente a los desconocidos, pero entre él y T. J. se había establecido un vínculo inmediato. Era como ver a un padre jugando con su hijo.

Se le formó un nudo de pánico en el pecho. Siempre había oído que un hombre tenía que ser muy especial para aceptar al hijo de otro hombre como si fuera suyo. ¿Sería T. J. aquella clase de hombre?

Hasta el momento había sido extraordinario. No dudaba lo más mínimo en que iba a ayudarla con Seth y con cualquier cosa que necesitara, aunque ella no quisiera y no lo pidiera. Era la clase de hombre que querría como padre para su hijo.

Pero no podía hacerse ilusiones. No habían hablado de una relación, y T. J. le había prometido que no les haría ningún daño. ¿Podría confiar en su palabra o solo le estaba diciendo lo que ella quería oír? Había sufrido tantas decepciones en los últimos años que se le hacía difícil confiar en algo o en alguien.

–Muy bien, socio, hora de ir a trabajar –dijo T.J, deteniéndose para que Heather levantara a Seth.

–¿Qué se dice, Seth?

–*G´acias.*

–De nada, socio –se levantó y se puso la chaqueta.

–Sigo sin sentirme cómoda con todo esto –le confesó Heather.

–Ya está todo hablado, cielo –los abrazó a ella y a Seth–. Iremos despacio y veremos adónde nos lleva cada día –miró su reloj–. Me gustaría quedarme, pero he quedado para cenar con mi hermano en Beaver Dam.

–No tienes que darme explicaciones.

–Solo quería que supieras dónde estoy, por si me necesitas –la besó en la frente y le dio una tarjeta con su número.

–Seth y yo estaremos bien –le aseguró ella, guardándose la tarjeta.

–Entonces, te veré mañana.

Mientras lo veía alejarse, Heather tuvo la sensación de haberse tirado a una piscina sin saber nadar. ¿De verdad iba a dejar que T. J. la ayudara? ¿Y de verdad iba a atreverse a explorar aquella atracción? La sola idea de intimar con un hombre la llenaba de pavor.

Su hijo merecía un padre, un hombre que lo quisiera, que jugara con él y que le enseñara cosas. Pero ¿podría un hombre aceptar al hijo de otro?

El padre de Heather había sido el mejor hombre que había conocido, y sin embargo se había olvidado de Stephanie, la hija que su mujer había tenido con otro hombre, después de que naciera Heather.

No quería que le sucediera lo mismo a su hijo, pero no podía negar que había algo entre ella y T. J., y que su hijo había empezado a verlo como un padre, aunque fuera demasiado pequeño para darse cuenta.

T. J. vio a Lane en una mesa al fondo del Broken Spoke y se detuvo un momento en la barra para pedir una cerveza antes de ir a su encuentro.

–¿Qué has hecho para enfadar a Taylor esta vez? –le preguntó con una sonrisa.

–¿Qué te hace pensar que está furiosa conmigo?

–Desde que os casasteis en primavera puedo contar con los dedos de una mano las veces que has salido sin ella. Y si la memoria no me falla fue porque la habías hecho enfadar y querías darle tiempo y espacio para que se calmara.

Cuando conoció a Taylor, a T. J. le pareció perfecta para Lane. La pasión y el entusiasmo de la exuberante pelirroja se equilibraban con la excesiva tranquilidad y seriedad de Lane.

–Pues esta vez no he hecho nada –dijo su hermano–. Hace dos días que no se siente bien.

–¿La gripe? Eso es lo que Hea... –tosió para disimular la metedura de pata–. Es lo que he oído por ahí.

–No. Ha pillado algún virus estomacal –explicó Lane, pasando por alto el desliz de Heather–. No se siente capaz de cocinar, de modo que la he dejado descansar y os he llamado para comer juntos.

–¿Quién más va a venir?

–Creo que Ryder y Sam están de camino –tomó un trago de cerveza y se echó a reír–. Sam ha dicho que Bria y Mariah van a probar los peinados para la gran noche de Mariah en Dallas con su nuevo novio. Y Ryder ha dicho que Summer le ha advertido de que si no deja de controlarlas a ella y a su hija se va a llevar un buen escarmiento.

T. J. también se rio.

–No me extraña que Sam no quiera quedarse para la sesión de peluquería. Pero me sorprende que Ryder no haya metido a Summer y a su hija en una jaula de cristal.

Lane sonrió y asintió.

–¿Te imaginas lo que le hará pasar Ryder al chico que empiece a cortejar a Katie?

–¿Qué te apuestas a que Ryder saca sus pistolas cuando el chico vaya a recogerla? –preguntó T. J., compadeciéndose del pobre incauto que se atreviera a salir con su sobrina–. Por cierto, ¿has vuelto a hablar con Jaron desde que Mariah anunció su compromiso en Navidad?

–Intenté hablar de ello cuando lo llamé para invitarlo esta noche –Lane se encogió de hombros–. Me dijo que me metiera en mis asuntos y que tenía cosas que hacer.

–Ya sabes cómo es. No le gusta hablar de sus problemas y tiende a cerrarse más en sí mismo que el resto de nosotros.

–Sí –corroboró Lane–. Pero hasta que no esté preparado no sirve de nada intentar animarlo.

–No –T. J. tomó un trago de su cerveza–. Jaron sabe que puede contar con nosotros cuando quiera.

–Ahí están Sam y Ryder –dijo Lane, señalando la puerta del restaurante.

T. J. se deslizó hacia el extremo del asiento para hacerles sitio a sus hermanos.

–¿Y Nate? ¿No va a venir?

–Dijo que esta noche iba a Waco –respondió Lane.

–Tendría que casarse con esa chica de una vez por todas –dijo Ryder, expresando lo que todos pensaban.

–La otra noche me dijo que habían vuelto a romper –comentó T. J. –, y después se puso a darme consejos sobre las mujeres.

Los demás rieron.

–¿Y sobre quién intentaba darte consejos? –preguntó Sam–. Que yo sepa, la única mujer a la que has estado viendo es esa vecina tuya del semental.

T. J. casi se atragantó con la cerveza. No sabía cómo responderle a Sam sin mentirle. Siempre había sido muy sincero con sus hermanos, y no iba a dejar de serlo.

Se encogió de hombros e intentó dar una respuesta evasiva.

–Me dijo que no había manejado bien la situación con Hea... con la señorita Wilson y su caballo.

–Vaya, vaya... –exclamó Ryder.

–¿Desde cuándo, T. J.? –preguntó Lane.

–¿Desde cuándo qué? –aparentar ignorancia no lo salvaría del inminente interrogatorio, pero de todos modos lo intentó.

–Desde cuándo estás saliendo con tu vecina –dijo Sam.

–¿Quién ha dicho que esté saliendo con ella? –preguntó a la defensiva. Era la primera vez que sus hermanos lo sometían a un tercer grado por una mujer.

–Siempre que se pronunciaba su nombre te ponías hecho una furia –le recordó Ryder.

–Eso ya está olvidado.

–No me lo creo –dijo Sam–. La otra noche en mi casa tuviste una reacción desproporcionada. ¿Qué ha pasado en los últimos días para que hayas cambiado de opinión sobre ella?

–¿Qué te hace pensar que ha pasado algo? –sabía que solo estaba retrasando lo inevitable. Sus hermanos no lo dejarían en paz hasta saber lo que había entre él y Heather.

–Que respondas a las preguntas con otra es muy significativo –observó Lane con una irritante sonrisa.

–¿Esa es tu opinión, Freud?

–Sí –afirmó Lane, riendo.

–Vamos, hermano –lo animó Ryder–. Desembucha y cuéntanoslo todo.

Derrotado, a T. J. no le quedó más remedio que contarles cómo había ayudado a Heather y a Seth cuando los encontró en el arroyo.

–¿Sabías que tenía un hijo cuando le echaste una bronca por lo del caballo? –le preguntó Ryder.

–Claro que no. No habría sido tan duro con ella si hubiera sabido que tenía que ocuparse ella sola de un niño y del rancho.

–¿Dónde está el padre del niño? –preguntó Sam–. ¿No puede echarle una mano?

T. J. les refirió lo que le había contado Heather sobre la pérdida de su padre y de su novio, pero omitió los problemas económicos. Sus hermanos no necesitaban saber que lo estaba pasando mal. Por un lado, tenía que respetar el orgullo de Heather, y por otro, sus hermanos ya debían de habérselo imaginado.

–Vas a continuar ayudándola, ¿verdad? –preguntó Sam con una sonrisa tan irritante como la de Lane.

–Se lo debo. Resulta que su semental es un campeón mundial de carreras.

–Así que en vez de arruinarte el programa de crianza, como tú creías, es probable que lo haya mejorado –dijo Lane.

Para alivio de T. J., la camarera se acercó para tomarles nota y la conversación derivó hacia otros temas. Cuando acabaron de cenar acordaron verse más a menudo para salir juntos.

–Supongo que os veré a todos dentro de un par de días en el rancho –dijo T. J. poniéndose el sombrero.

–Allí estaremos –prometió Ryder–. Prepárate para ayudarme con todas las cosas que vamos a llevar para Katie. Ir a cualquier parte con una niña pequeña es como hacer una mudanza.

Sam asintió.

–Y que lo digas. Ahora que Hank tiene casi un año es más fácil, pero un simple viaje al pueblo puede ser agotador.

–Nosotros iremos si Taylor se siente bien –dijo Lane.

–Esta tarde ha llamado a Bria y le ha pedido que se ocupe ella sola de la cena de Nochevieja –explicó Sam con aspecto preocupado.

–¿La has llevado al médico?

–Tiene una cita mañana por la tarde –dijo Lane.

–Quizá pueda darle algo que la ayude –sugirió T. J. mientras iban a pagar la cuenta en la barra.

–Infórmanos de lo que diga el médico –añadió Ryder de camino al aparcamiento–. ¿Vas a invitar a tu vecina a la fiesta, T. J.?

–Deberías –dijo Sam, sonriendo–. Si os seguís viendo haría bien en conocernos y saber a lo que se enfrenta.

–Lo pensaré –se despidió de sus hermanos y se subió a la camioneta.

De camino a casa pensó en lo que le habían dicho. Había contemplado la posibilidad de invitar a Heather y a Seth a la fiesta de Nochevieja, pero no había sopesado los pros y los contras de presentársela a su familia.

Sabía que su familia los recibiría con los brazos abiertos y que Heather se llevaría muy bien con sus cuñadas, pero algo le hacía dudar.

Heather y él no habían hablado de una relación seria, tan solo de explorar lo que había entre ellos. ¿Hasta qué punto sería sensato presentársela a su familia antes de tener algo serio? ¿Y si no llegaban a nada?

Pero no importaba. No iba a permitir que Heather y Seth pasaran solos la Nochevieja en el Circle W mientras él recibía el nuevo año en compañía de su familia, y además quería pasar con ella todo el tiempo posible.

El problema sería convencerla.

Sonrió mientras metía la camioneta en el garaje. Por suerte estaba preparado para el gran desafío.

Capítulo Seis

T. J. apoyó la escalera de mano en la pared y volvió a la camioneta a por los cubos de pasta que su capataz había adquirido el día antes en la ferretería del pueblo. En cuanto el joven Tommy Lee acabara con los caballos de Heather, le ayudaría a reparar las goteras. Y después, T. J. le hablaría a Heather de la fiesta de Nochevieja en su casa.

–¿T. J.? –lo llamó Heather desde el porche, con Seth de la mano–. Siento molestarte, pero cuando Seth ha sabido que estabas fuera ha insistido en verte.

T. J. sonrió.

–¿Qué pasa, socio?

–¡Hola! –lo saludó Seth con una sonrisa de oreja a oreja. Se soltó de su madre y corrió hacia T. J., quien se inclinó para levantarlo en brazos.

–¿Cómo estás? –el niño se puso a parlotear y a agitar los brazos frenéticamente, y T. J. miró a Heather para que le tradujera.

–Te está diciendo que me ha ayudado a preparar la comida para ti y para tu compañero.

–Seguro que has sido de gran ayuda. ¿Qué le has ayudado a hacer?

–*E´pagueti y albo´diga* –dijo el niño con orgullo.

–¿Espaguetis y albóndigas? –le preguntó T. J. a Heather, quien asintió–. Ya hemos tomado eso antes, ¿no, socio? –le hizo cosquillas en el estómago, haciéndolo reír como un loco.

–En tu casa.

–Eso es. Y te lo comiste todo –dejó al niño en el suelo al ver a Tommy Lee salir del establo–. Tengo que ponerme con el tejado, pero en cuanto acabe iré a comer con vosotros y te daré otro paseo a caballito, ¿qué te parece?

–Por favor, ten cuidado –le pidió Heather. Agarró a su hijo de la mano y se giró hacia la casa–. Venid cuando hayáis terminado.

T. J. la vio alejarse, respiró profundamente y se puso manos a la obra.

Estaba terminando de untar la negra sustancia sobre las partes dañadas del tejado cuando oyó a Tommy Lee proferir una obscenidad.

–Baje rápido, jefe –le gritó el joven–. La casa de la señorita Wilson está ardiendo.

T. J. cruzó el tejado hacia la escalera y vio el humo que salía por la ventana. Repitió las palabrotas de Tommy Lee y añadió algunas de su propia cosecha mientras descendía en un tiempo récord. Seguido por el joven vaquero, corrió hacia la parte de atrás y abrió la puerta. Heather estaba atravesando la cocina con Seth en brazos.

–La he apagado, pero creo que la caldera está ardiendo –gritó.

–¡Sácalos de aquí! –le ordenó T. J. a Tommy Lee.

Mientras el joven ponía a Heather y al niño a salvo, T. J. agarró el extintor que había visto en un armario la noche que se quedó a dormir y entró en el lavadero, donde roció de espuma el motor de la caldera hasta vaciar el pequeño cilindro. Quería asegurarse de que las llamas no volvieran a prender antes de salir a ver cómo estaban Heather y su hijo.

–¿Qué ha pasado? –preguntó al salir. Heather estaba de pie en el patio, abrazando a Seth. T. J. fue hacia ellos y los abrazó a ambos.

–No-no lo sé –dijo ella, temblando–. Oí un ruido y empezó a oler a humo. Entré en el lavadero y vi humo saliendo de la caldera. La apagué y abrí la ventana, pero el humo seguía saliendo.

–Ya no hay peligro –la tranquilizó él–. Pero me temo que tu caldera ha quedado inservible.

–Lo que me faltaba... –murmuró ella con voz entrecortada. T. J. vio que estaba a punto de echarse a llorar, y sabiendo lo orgullosa que era, no creía que le gustara tener público.

–Tommy Lee, ¿por qué no recoges las cosas y vuelves al Dusty Diamond? –le pidió al joven. Él tenía intención de quedarse y hablarle a Heather de la fiesta.

–Claro, jefe –respondió Tommy Lee, aliviado al poder librarse de la melodramática escena.

–¿Qué tal si entramos todos en casa para resguardarnos de este aire tan frío? –tomó a Seth en un brazo y con el otro rodeó a Heather para dirigirla hacia la puerta.

Una vez dentro, Heather le pegó la cara al pecho y empezó a llorar. T. J. preferiría atravesar desnudo una alambrada de espino antes que ver llorar a una mujer, las lágrimas de Heather lo hicieron sentirse peor que nada que hubiera presenciado nunca. Quería ayudar, pero no estaba seguro de que ella aceptara su ayuda. Le había costado que le permitiera ocuparse de sus caballos o arreglar el tejado. Convencerla para que le dejara reemplazar la caldera o repararla sería prácticamente imposible.

–¿Mamá? –la llamó Seth con voz lastimera.

Genial. No solo iba a tener en sus brazos a una mujer llorando, sino también a un niño.

–Tu madre va a estar bien, Seth. Yo cuidaré de los dos, ¿de acuerdo?

El niño lo miró un momento antes de asentir.

–*´ta bien.*

Cuando Heather dejó de llorar, T. J. le tendió un trapo para que se secara los ojos.

–¿Puedes tener a Seth? Voy a llamar a ver si puede venir un técnico enseguida.

–Lo-lo siento. Yo nun-nunca lloro.

–Tranquila, cielo. Solo es un pequeño bache en el camino y no vas a tener que superarlo tú sola –la besó en la frente–. Esta noche va a hacer mucho frío, así que ¿por qué no recoges algunas cosas para ti y para Seth y os venís a mi casa? No creo que el técnico pueda venir hasta mañana.

Ella lo miró durante varios segundos y respiró hondo.

–Gracias, T. J.

–No tienes que darme las gracias, Heather. Te dije que quería ayudarte y facilitarte las cosas –volvió a besarla–. Y eso es lo que voy a hacer, cielo.

Después de cenar, Heather puso el lavavajillas y terminó de limpiar la cocina de T. J. antes de ir con ellos a la sala de juegos. Por suerte había tenido la precaución de llevar los espaguetis y las albóndigas al Dusty Diamond. Solo había sido necesario recalentarlos, y al menos le debía a T. J. una comida por arreglarle el techo, apagar el fuego de la caldera antes de que se quemara el resto de la casa y todas las demás cosas que había hecho por ella en los últimos días.

Antes de entrar en la sala de juegos, se metió en el cuarto de baño y cerró la puerta. Necesitaba unos minutos para recomponerse y no volver a llorar delante de T. J.

¿Qué demonios le pasaba? No había estado tan sensible desde el embarazo. Durante los dos últimos años se había esforzado al máximo para mantener una actitud positiva y no dejarse vencer por el estrés. Pero lo de la caldera había sido la gota que colmaba el vaso. No tenía dinero para reemplazarla, aunque tampoco tenía sentido hacerlo si no podía pagar los impuestos a final de mes. El condado le embargaría el rancho, y ella y Seth tendrían que irse a vivir a otra parte.

Sería un pequeño alivio que la caldera pudiera repararse en vez de tener que reemplazarla, pero no albergaba muchas esperanzas al respecto. El aparato tenía más de treinta años y había sufrido incontables reparaciones.

Sabía que T. J. estaría encantado de ayudarla si ella se lo pidiera, pero el orgullo no se lo permitiría. Cuando empezó a salir con su difunto novio, los padres de él la habían mirado con desdén por ser la hija de un ranchero, aunque los padres de Heather estaban muy lejos de ser unos indigentes. Llegaron a acusarla de estar más interesada en la herencia de su hijo que en él. Después de eso Heather se había jurado que jamás volvería a aceptar la ayuda de nadie. A veces lo había pasado muy mal, pero siempre se había mantenido fiel a sus principios, y así iba a seguir.

Se echó agua en la cara y fue en busca de T. J. y Seth con la esperanza de que las cosas se arreglaran.

–¿Por qué no me sorprende volver a veros en el suelo? –preguntó al entrar en la sala.

–*¡Caba´ito!* –exclamó Seth, golpeándole alegremente la cabeza a T. J.

–Va camino de convertirse en un auténtico vaquero –comentó T. J. riendo mientras Heather le quitaba al niño de la espalda–. ¿Quieres beber algo? Tengo cerveza y refrescos, y puedo intentar preparar una piña colada o un margarita –sonrió–. Pero no te garantizo que salga muy bien. Se me da mucho mejor abrir una lata de cerveza.

–No, gracias. Tengo que bañar a Seth y acostarlo.

–Mientras lo bañas, prepararé la cama plegable que has traído –se ofreció él, y se inclinó para darle un beso en los labios–. Si no estás muy cansada, me gustaría hablar contigo de una cosa después de haber acostado a Seth.

–Está bien –aceptó ella con cautela–. ¿De qué quieres hablar?

–Luego –insistió él, dedicándole una arrebatadora sonrisa. Tomó a Seth y lo llevó a la cesta de juguetes–. Ahora voy a jugar con mi socio mientras tú pones los pies en alto y te relajas un rato.

–¿No te importa?

–Claro que no –se acercó a ella y volvió a besarla–. Necesitas un descanso, cielo.

Una ola de emoción la recorrió mientras se tendía en el inmenso sofá. Contar con ayuda para cuidar de Seth era una experiencia única. Tan acostumbrada había estado a ocuparse ella sola de él que no sabía ni cómo relajarse.

No tenía ni idea de lo que T. J. quería hablar con ella, y tampoco estaba segura de querer saberlo. Lo que más la inquietaba, sin embargo, era la excitación que crecía en su interior ante la perspectiva de pasar un rato a solas con el hombre más sexy y extraordinario que había conocido en su vida.

***

Mientras esperaba a que Heather terminara de acostar a Seth, T. J. se sentó a la barra de su bar para tomar una cerveza y pensar en lo que le estaba ocurriendo. Cada vez que se encontraba cerca de Heather, le invadía un deseo casi irrefrenable de abrazarla, besarla y mucho más. Y cuando se separaba de ella lo único que quería era volver a verla.

Y luego estaba el pequeño. El tiempo que había pasado con Seth había sido más especial de lo que nunca hubiera imaginado. El niño derretiría a cualquiera con su adorable sonrisa, y en más de una ocasión T. J. se había sorprendido pensando en todo lo que podría enseñarle cuando creciera un poco.

Sacudió la cabeza. No sabía adónde se dirigían, y dudaba seriamente de su cordura, pero lo que estaba claro era que ya no podía dar marcha atrás. Pasara lo que pasara se volcaría por entero en aquella relación, durase un par de meses o toda la vida.

Al oír entrar a Heather en la sala se giró para verla y el corazón le dio un vuelco. Era sin lugar a dudas la mujer más deseable que había conocido.

–¿Tienes idea de lo hermosa que eres, Heather?

Ella se acercó a la barra y él no se lo pensó dos veces para rodearla con sus brazos.

–Pues... nunca me he visto particularmente atractiva –confesó ella, poniéndose colorada.

–Lo eres. Y también eres increíble en otras muchas cosas –le acarició su largo cabello rubio con la mejilla–. Eres una madre fantástica y una de las mujeres más fuertes e inteligentes que he conocido.

–Gracias, pero ¿a qué viene todo esto? –preguntó ella con voz temblorosa.

Él se echó hacia atrás para mirarla a los ojos y sonrió.

–Solo estoy expresando lo que es obvio.

–¿De eso querías hablarme?

–No, pero creo que eres increíble.

Se levantó del taburete y la condujo al sofá. Se sentaron y ella dejó un monitor de bebés en la mesita.

–Y ahora ¿vas a decirme lo que querías hablar conmigo?

T. J. la apretó contra él y sonrió cuando ella le echó los brazos al cuello y le entrelazó los dedos en el pelo.

–Hablaremos después –dijo, inclinando la cabeza–. Ahora quiero hacer lo que llevo queriendo hacer toda la noche.

La besó y el cuerpo le reaccionó inmediatamente. Los labios de Heather eran suaves y carnosos, el tipo de labios que volverían loco a cualquier hombre.

Aprovechando el tamaño del sofá, se tumbó con ella y le pegó el muslo a la entrepierna. El calor femenino que emanaba a través de la ropa le aumentó la temperatura corporal y, sin pensarlo dos veces, le retiró la mano de la espalda y le agarró un pecho.

La camiseta verde y el sujetador de Heather se convirtieron en unos obstáculos intolerables. Deslizó la mano bajo la prenda y la subió por el vientre hasta los pechos. Desabrochó el cierre frontal del sujetador y volvió a llenarse la mano con su pecho, deleitándose con el tacto de su piel satinada y su pezón endurecido. Le acarició la punta con el dedo y ella se arqueó con un gemido, lo que excitó a T. J. aún más. No importaba lo que ella hubiera dicho ni cuánto se esforzara por apartarlo; era indudable que lo deseaba tanto como él a ella.

Aquella certeza a punto estuvo de hacerle perder el control. Interrumpió el beso y la besó en la mejilla y en la sien.

–Te juro que solo pretendía besarte, Heather –le dijo con la voz cargada de pasión–. Pero ahora te necesito más que el aire que respiro –la miró fijamente a sus bonitos ojos azules–. Si tú no sientes lo mismo, dímelo. Porque de lo contrario vamos a hacer el amor –la besó en los labios–. Y cuando lo hagamos, no quiero que te arrepientas de nada.

Ella tardó bastante en responder.

–Últimamente he tomado muchas decisiones de las que no me siento segura, y sé que me arrepentiré de algunas. No quiero añadir…

–Lo entiendo, cariño, y…

–Déjame terminar –lo interrumpió ella dulcemente–. Iba a decirte que no quiero añadir a esa lista no haber hecho el amor contigo. Esta noche quiero olvidarme de calderas rotas y de llegar a fin de mes. No quiero preocuparme por el futuro. Esta noche solo quiero sentir.

Capítulo Siete

Heather miró a T. J. y pensó que tal vez estuviera cometiendo el mayor error de su vida, pero no había tenido elección. Desde el primer beso en su cocina todo había conducido hasta aquel momento.

Él se levantó, agarró el monitor y le tendió la mano.

–Vamos a mi habitación –le propuso–. Allí estaremos más cómodos.

Al entrar en el dormitorio, Heather apenas tuvo tiempo para fijarse en la decoración de estilo rústico, la inmensa cama *king-size* y los grandes ventanales que fundían el cielo tachonado de estrellas con la habitación.

–Cariño, voy a hacer lo posible por ir despacio –le dijo él, besándola desde la boca hasta la oreja–. Y quiero que me prometas que me dirás lo que te gusta y lo que te provoca más placer.

El corazón se le aceleró y empezó a respirar agitadamente.

–Hace mucho tiempo que no…

–¿Desde tu novio? –se agachó para descalzarlos a ambos.

–Sí…

–Entonces, aprenderemos juntos cómo darnos placer mutuamente –su prometedora sonrisa la llenó de calor y deseo–. ¿Qué tal si empiezas quitándome la camisa?

Heather le sacó los faldones de la camisa de los vaqueros, la desabotonó lentamente y dejó al descubierto sus anchos hombros y poderosos brazos. La camisa cayó al suelo y un estremecimiento de excitación la recorrió al contemplar su magnífico torso.

–Eres perfecto... –murmuró, tocándole los pectorales.

–Es lo que queda de mis años de rodeo.

–¿Toros o caballos? –preguntó, maravillada por el tamaño de sus bíceps.

–Montaba caballos salvajes a pelo, pero comencé concursando con mi hermano Lane en el lazo doble.

Le garró el bajo de la camiseta a Heather y se la levantó por encima de la cabeza. Al deslizarle los tirantes del sujetador por los hombros se dio cuenta de que no había vuelto a abrochárselo, pero cualquier atisbo de timidez se esfumó cuando él le cubrió los pechos con las manos. Y cuando agachó la cabeza para besarla desde la clavícula hasta el pezón Heather apenas pudo mantenerse en pie.

–¿Te gusta? –le preguntó él, pasando al otro pecho.

–Sí... –tuvo que agarrarse a su cintura para no derrumbarse. Él le sostuvo la mirada mientras le deslizaba las manos por los costados y le desabrochaba los vaqueros.

Ella respiró hondo y asintió, y él le bajó el pantalón y la tomó en brazos. La sensación de tener los pechos aplastados contra su recio torso le provocó una corriente eléctrica por todo el cuerpo.

–Uno de los dos lleva demasiada ropa –consiguió decir al encontrar la voz.

Él se echó hacia atrás y sonrió.

–Te dejaría quitarme los vaqueros, pero creo que esta vez lo haré yo –se bajó la cremallera y reveló el enorme bulto de su erección–. A veces una erección y una cremallera pueden ser una combinación letal –se quitó los vaqueros y se dispuso a hacer lo mismo con los calzoncillos, pero ella lo detuvo.

–Esto sí que puedo hacerlo por ti... –le sugirió, pasándole un dedo por el elástico.

Él tragó saliva y le llevó una mano a las braguitas.

–¿Y si lo hacemos juntos?

Despojados de sus últimas barreras, T. J. dio un paso atrás para contemplarla.

–Eres aún más hermosa de lo que imaginaba.

–Yo estaba pensando exactamente lo mismo de ti.

–Quiero sentirte pegada a mí –la envolvió con sus brazos y Heather se abandonó a la exquisita sensación de contraste entre su piel suave y femenina y la carne fuerte y velluda de T. J. Y sobre todo a la presión de su durísimo miembro contra el vientre.

Sin perder un segundo, se acostaron en la cama y T. J. sacó un preservativo de la mesilla. Lo metió bajo la almohada y se tumbó a su lado para volver a abrazarla.

–Eres la mujer más excitante que he conocido…

Antes de que ella pudiera decirle algo similar, él le deslizó una mano por la cadera hasta la rodilla y luego se la subió por el interior del muslo. Incapaz de hablar, el cuerpo le dio una sacudida cuando T. J. empezó a acariciarle el clítoris.

Ávida por tocarlo ella también, buscó su miembro y le arrancó un gemido de puro deleite masculino.

–Cariño… si sigues haciendo eso vamos a acabar antes de la cuenta –le advirtió él con voz jadeante.

–Te deseo, T. J. –susurró ella. No podría aguantar mucho más sin volverse loca–. ¡Ahora!

–Y yo a ti –sacó el preservativo de debajo de la almohada y se lo puso rápidamente. Acto seguido, le separó las piernas, se colocó encima y se introdujo lentamente en ella, fundiendo los dos cuerpos en uno solo y colmándola de sensaciones indescriptibles. Con cada embestida crecía la increíble emoción que la embargaba. Nunca había experimentado nada igual. Era una conexión sublime que, por mucho que ella había intentado ignorar, había surgido desde el principio.

Si fuera capaz de pensar se asustaría de una intensidad semejante, pero lo único que podía hacer era sentir el cuerpo de T. J. y la enloquecedora fricción que los transportaba a la plenitud y el éxtasis.

Muy pronto sintió que el orgasmo era inminente. Incapaz de retrasarlo, se dejó arrastrar por la ola de placer y se abrazó a T. J. con todas sus fuerzas al tiempo que él empujaba una última vez y la acompañaba en el clímax, plenamente unidos en cuerpo y alma.

El pánico la invadió. ¿Había hecho lo impensable y se había enamorado de T. J.?

Él le había demostrado ser totalmente distinto de lo que ella había pensado en un principio. Era amable, bueno y generoso, y el corazón le decía a Heather que podía confiar en él. Lo creía cuando le decía que jamás les haría daño a ella y a Seth. Pero no siempre era tan fácil. A veces se hacía daño de manera inintencionada e inevitable.

–¿Estás bien, cariño? –le preguntó, colocándola de costado.

Ella asintió.

–Ha sido... –la voz se le quebró al mirarlo. La preocupación que expresaban sus ojos avellana era arrebatadoramente conmovedora.

–Increíble –concluyó él, besándola con tanta ternura que casi la hizo llorar–. Eres increíble, Heather.

Quería decirle el hombre tan extraordinario

que era y lo mucho que apreciaba todo lo que había hecho por ella, pero aún no había asumido del todo sus sentimientos. Si no estaba enamorada ya de T. J., le faltaba muy poco.

–Ha sido maravilloso –dijo sinceramente–. Pero tengo que irme a la habitación que comparto con Seth.

–Claro, cariño –respondió él con una sonrisa comprensiva. Se levantó y recogió la ropa de los dos del suelo–. Te acompaño.

Se puso la ropa y T. J. la rodeó por la cintura para ir a la habitación donde dormía Seth.

–No me dijiste de lo que querías hablar –le recordó ella.

Él se detuvo en la puerta y alargó el brazo para colocarle un mechón detrás de la oreja.

–Puede esperar a mañana –le dio un dulce beso en los labios–. Que duermas bien, Heather.

Ella entró y cerró la puerta, pero dudaba de que pudiera conciliar el sueño. Tenía mucho en que pensar y decisiones que tomar concernientes al rancho.

Por si no tuviera ya bastantes problemas acababa de añadir uno más: se estaba enamorando perdidamente de T. J. Malloy.

Cuando T. J. volvió a casa tras haber visto al técnico de la caldera en el Circle W, encontró la nota que le había dejado a Heather aquella mañana en la cocina, lo que sugería que seguía durmiendo. Sonrió y fue a su estudio, donde dejó el correo que había recogido del buzón de Heather para dárselo más tarde. A continuación subió a la habitación para ver cómo estaban ella y Seth.

–¡Hola! –lo saludó el niño. Le sonrió y señaló la cama–. *Mamá ´ta do´mida.*

T. J. se llevó un dedo a los labios para hacerlo callar y lo sacó al pasillo.

–¿Cómo estás esta mañana, socio?

El niño balbució algo incomprensible.

–¿Quieres desayunar conmigo mientras esperamos a que se levante tu madre? ¿Me ayudas a hacer unos huevos revueltos?

–´ta bien.

T. J. agradeció que al niño le gustaran los huevos. Aparte de hacer sándwiches, batir huevos y meter el pan en la tostadora, no poseía muchas habilidades culinarias.

Sacó todo lo que necesitaba, sentó a Seth junto a la mesa y le dio una batidora para que se entretuviera con los huevos. Tardarían el doble en preparar el desayuno, pero por nada del mundo se perdería el entusiasmo de Seth.

–¿Por qué no me has despertado? –preguntó Heather, entrando rápidamente en la cocina–. Me he perdido la cita con el técnico.

–No te preocupes –la tranquilizó él mientras ayudaba a Seth a batir los huevos–. Lo vi hace un rato en tu casa y me dijo que la caldera necesita un motor nuevo, nada más. Le dije que procediera con las reparaciones. El único inconveniente es que al ser la caldera tan vieja va a tener que encargar el motor.

–Gracias, pero tendrías que haberme despertado. Es mi problema, no el tuyo.

Debería haberse imaginado que no le haría gracia su intromisión, pero después del fabuloso vínculo que habían creado la noche anterior estaba convencido de que aceptaría gustosa su ayuda. Por desgracia, no iba a abandonar su orgullo así como así.

–Necesitabas descansar, y ayer me dijiste que ojalá pudiera repararse la caldera. Lo único que he hecho ha sido decirle al técnico lo que le hubieras dicho tú.

Ella suspiró.

–¿Te ha dicho cuándo llegará el motor nuevo?

–Ha dicho que, debido a que mañana es fiesta, no estará hasta la semana que viene. Parece que vas a tener que prolongar tu estancia aquí... –le sonrió–, lo cual no me molesta lo más mínimo, cariño.

Ella se frotó las sienes.

–No puedo aprovecharme de ti de esa manera.

–Te aseguro que no me importa. Ya has visto lo grande que es la casa. Me sobra el espacio.

–¿Y por qué construiste una casa tan grande?

–Me gustaba y tenía el dinero para hacerlo –repuso él.

Decidió que esperaría hasta después del desayuno para explicarle que su familia pasaba la Nochevieja en el rancho todos los años. Si le contaba en aquel momento que todos invadirían la casa aquella noche como una horda de bárbaros, Heather le arrojaría los huevos a la cabeza por no habérselo dicho antes.

Miró el cuenco y le sonrió a T. J.

–Parece que los huevos están listos para echarlos en la sartén, socio –levantó al niño de la silla y se acercó a la cocina, con cuidado de que no hubiera peligro para Seth–. ¿Listo para ver cómo los hago?

–*Mamá, mi´ame* –dijo Seth alegremente.

–Ya lo veo, cariño –se acercó para mirar la sartén–. ¿No decías que solo sabías hacer sándwiches?

–Y también huevos revueltos –respondió, sonriéndole a la mujer más hermosa de la tierra.

Nunca había sentido nada igual como la conexión que compartía con Heather, ni se había sentido nunca tan unido a un niño.

El corazón le dio un vuelco. ¿Realmente estaba pensando en algo duradero? ¿Estaba listo para algo así?

Mientras él y Seth terminaban de hacer los huevos y Heather tostaba el pan, se imaginó cómo sería su vida si aquella fuese su rutina. ¿Era lo que quería?

No le resultaba molesto en absoluto. De hecho, disfrutaba enormemente haciendo cosas con Seth. Y solo de pensar en hacer el amor con Heather cada noche y despertarse cada mañana con ella en sus brazos su cuerpo reaccionaba de manera muy previsible.

Se había pasado casi toda la noche en vela, pensando en lo que quería y sin encontrar respuestas. Por un lado le daba pavor el compromiso y ser responsable de otra persona.

El único padre que había tenido había sido Hank, cuando lo acogió en el rancho Last Chance. Nunca había tenido el modelo de lo que debería ser un buen marido. Había visto a sus hermanos con sus esposas en las reuniones familiares, pero no sabía cómo eran sus vidas en el día a día.

Una cosa por la que nunca tendría que preocuparse era el aspecto económico. Gracias a sus acertadas inversiones, sus nietos no tendrían que trabajar si no querían. Lo que le preocupaba era ser responsable de su bienestar emocional. Sabía que removería cielo y tierra para darles a Heather y Seth todo lo necesario, pero ¿bastaría para hacerlos felices?

Y luego estaba la cuestión de cómo sería su vida sin ellos. Todo había pasado muy rápido, pero a aquellas alturas no podía pensar en perderlos. No podía decir que hubiera amado antes a una mujer. Sin nada con que comparar lo que sentía por Heather, ¿cómo iba a estar seguro?

–Te has puesto muy serio –le dijo Heather mientras le limpiaba las manos a Seth después de que el niño hubiera terminado de comer–. ¿Va todo bien?

–Claro –ya pensaría en su futuro más tarde. Había llegado el momento de prepararla para la invasión familiar que se avecinaba–. Estaba pensando en lo que quería hablar contigo anoche.

–¿De qué se trata? –se levantó de la mesa para recoger los platos, enjuagarlos y meterlos en el lavavajillas–. Empiezo a pensar que es algo que temes decirme y que por tanto no me gustará oír.

–No es nada malo –la tranquilizó él–. De hecho, estoy seguro de que vas a disfrutar mucho –señaló a Seth con la cabeza–. Y mi socio se lo va a pasar como nunca.

–Soy toda oídos.

Miró el reloj.

–Dentro de cinco horas mi familia empezará a llegar para celebrar la Nochevieja. Iba a pedirte que nos acompañaras, pero como nos hemos distraído tanto…

Ella abrió los ojos como platos.

–¡No puedo participar en una reunión familiar! –exclamó, sacudiendo frenética la cabeza–. Seth y yo ya nos hemos aprovechado bastante de ti. Nos iremos a casa y…

–Ni hablar –T. J. se levantó y la tomó en sus brazos–. Hoy va a hacer más frío que anoche. Y ya que lo has mencionado, déjame aclararte una cosa: no os habéis aprovechado de mí. Quiero que los dos estéis aquí conmigo.

–No tengo nada que ponerme para asistir a una fiesta –arguyó ella, visiblemente afligida.

–¿Qué tiene de malo lo que llevas puesto?

Ella le echó una mirada, dándole a entender que era tonto.

–¿Cómo voy a ir en vaqueros y camiseta mientras los demás van…?

–Vestidos igual que tú. Mis cuñadas vestirán vaqueros y jerséis o camisetas –le sonrió–. Te garantizo que encajarás muy bien, cariño –la besó hasta que los dos se quedaron sin aliento–. Tú y Seth estáis conmigo y quiero que conozcáis a mi familia. Te apuesto lo que quieras a que cuando se vayan mañana después de comer te estarás preguntando por qué te angustiabas tanto.

Estaba convencido de lo que decía. Heather y su hijo formaban parte de su vida y el siguiente paso para formalizar una relación era presentarles a su familia.

Cuando los hermanos y cuñadas de T. J. empezaron a llegar, Heather se alivió al comprobar que le había dicho la verdad. Todos se mostraron encantados de conocerla, y el único momento incómodo fue cuando Nate le preguntó si tenía un semental. Cuando ella le respondió que sí, él le sonrió, la abrazó y le dio la bienvenida al zoo. Heather se preguntó qué les habría contado T. J. de sus encontronazos.

Estaba disfrutando enormemente. Sobre

todo mientras preparaba la cena y los piscolabis con las demás mujeres en la cocina. No había hablado con otras mujeres desde que volvió al Circle W.

Después de graduarse en el instituto, se había mudado para ir a la universidad, conocer al padre de Seth y perder el contacto con casi todas sus amigas. Luego, al regresar a casa después de haber perdido a su novio, descubrió que casi todas sus amistades se habían marchado o que ya no tenían nada en común. Pero en compañía de las cuñadas de T. J. volvía a sentirse como una de las chicas.

–¿Con qué edad empezó a caminar tu hijo? –le preguntó Bria Rafferty, agarrando otro puñado de delicias caseras–. Hank se ha puesto de pie él solo varias veces, sin agarrarse a nada, pero todavía no ha dado sus primeros pasos.

–Seth hizo lo mismo durante algunas semanas –recordó Heather, sonriendo–. Hasta que un día, con once meses, empezó a andar –se echó a reír cuando Seth rodeó corriendo el sofá donde estaban sentadas y volvió junto a T. J., que estaba con sus hermanos en la barra–.Y no ha parado desde entonces.

–Es adorable –dijo Summer McClain, volviéndose a sentar con el grupo tras limpiarle la camisa a su marido, en la que su hija había vuelto a vomitar–. Me encanta su pelo cobrizo. Me recuerda a tu pelo, Taylor. Puede que algún día tengas un niño pelirrojo.

–Puede –murmuró Taylor Donaldson, sonriendo mientras sorbía su *ginger ale*–. Es realmente encantador, Heather.

–Gracias –respondió ella con el pecho henchido de orgullo.

T. J. se acercó al sofá con Seth subido a sus hombros.

–Parece que T. J. se está divirtiendo mucho esta noche –comentó Summer.

Heather miró a dos de los hermanos, quienes intentaban hacer reír con muecas absurdas a la niña pequeña que tenía Ryder McClain en brazos. Los otros dejaban que el pequeño Hank se probara sus sombreros.

–Creo que todos los hombres se lo están pasando en grande con los críos.

–Pues claro –corroboró Bria, riendo–. Son como niños grandes.

–¡Eh! –protestó T. J. –. Discrepo de esa observación.

–Lo sabemos –dijeron las cuatro mujeres al unísono.

Lane, el marido de Taylor, se acercó a su esposa.

–¿Estás lista, nena?

–Supongo –dijo ella, sonriendo mientras se ponía en pie.

–¿Ya os marcháis? –preguntó Bria con preocupación.

–No –respondió Lane, sonriendo–. ¿Podríais acercaros todos, por favor?

–¿Qué pasa, Freud? –preguntó Sam, acercándose con su hijo, que se había puesto su sombrero y no paraba de reír.

–Seguramente va a intentar analizarnos en grupo –dijo Nate, riendo.

–Si aún no sabe que tu ascensor no llega hasta el último piso más le vale quemar su título de psicología –comentó T. J.

–¿De qué se trata, Lane? –preguntó Ryder, tendiéndole su hija a su mujer.

–Taylor y yo queremos informaros de que dentro de ocho meses habrá otro miembro en la familia –anunció Lane, mirando cariñosamente a su mujer.

–Que Dios nos ayude –se lamentó Ryder en broma–. Otro pequeño Freud –le estrechó la mano a Lane y abrazó a Taylor–. Os doy un consejo: intentad dormir todo lo que podáis hasta que nazca.

–Tiene razón –corroboró Sam, haciéndole cosquillas a su hijo–. Las noches de sueño no serán más que un bonito recuerdo.

–Ya sabéis a quién llamar para que os haga de canguro –dijo Nate Rafferty, levantando su cerveza en un brindis.

–A cualquiera menos a ti –respondió Jaron Lambert con una sonrisa. Era el más serio y reservado de los hermanos.

Heather no pudo evitar envidiarlos. Formaban una familia unida a pesar de no haberse conocido hasta la adolescencia, cuando todos llegaron al rancho Last Chance con problemas de adaptación a la sociedad.

Un rato después Heather y las otras mujeres fueron a acostar a los niños y regresaron a la sala para encender la enorme pantalla de televisión y ver el descenso de la bola en Times Square. Justo antes del gran evento los hombres se unieron a ellas.

T. J. se sentó junto a ella en el sofá y la apretó contra él.

–¿Te lo estás pasando bien? –le susurró al oído.

–Ha sido una velada muy bonita, relajada e informal. Gracias por invitarnos a Seth y a mí a tu fiesta.

Él la rodeó con el brazo y la agarró de la mano.

–Es la primera vez que espero con impaciencia que caiga la bola –admitió.

–¿Por qué?

–Porque eso significará que tengo que besarte –le dijo con un brillo prometedor en los ojos–. Y como hay una hora de diferencia con la costa este, también tendré que besarte cuando sea medianoche aquí.

–Me cuesta creer que sea la primera vez que estás con alguien en Nochevieja.

–Es la primera vez desde que la familia empezó a reunirse para recibir el Año Nuevo –le aclaró él, llevándose su mano a la boca para besarla.

El gesto la emocionó. T. J. no había intentado

ocultar la relación o lo que hubiera entre ellos. Había aprovechado cualquier oportunidad para demostrar su afecto desde que su familia empezó a llegar.

–Muy bien, chicos –dijo Nate, levantándose–. La bola va a caer. Todos a sus puestos, que cada uno agarre a su chica... ¡Ya!

Heather se habría echado a reír por la cuenta atrás, pero el beso de T. J. la dejó totalmente aturdida.

–Feliz año nuevo, cariño –le dijo él al retirarse–. Tengo el presentimiento de que va a ser el mejor año de nuestras vidas...

Heather deseó con todo su corazón que estuviera en lo cierto.

Capítulo Ocho

A la mañana siguiente, después del almuerzo que habían preparado Heather y las cuñadas de T. J. todo el mundo volvió a sus ranchos y T. J. suspiró de alivio mientras miraba a Seth, que estaba jugando en la alfombra. Quería mucho a su familia y le gustaba estar con ellos, pero por primera vez desde que comenzó a albergar las fiestas de Año Nuevo se alegraba de que se marcharan.

Había pasado una noche horrible, sabiendo que la mujer a la que deseaba estaba durmiendo a pocos metros. Ni siquiera la ducha helada le había servido para enfriar el deseo que lo abrasaba.

Le había pedido que durmiera en su habitación, pero al aparecer aún no estaba lista para que su familia lo supiera. T. J. estaba seguro de que su familia ya lo había adivinado, pero no quería presionar a Heather.

–¿Has enviado a uno de tus hombres para ocuparse de mis caballos o tengo que ir a yo a darles de comer y limpiar los establos? –le preguntó ella, entrando en su estudio. Él la agarró de la mano y se la sentó en el regazo.

–Envié a Tommy Lee hace un par de horas –le dio un beso en los labios–. Al volver me dijo que todo estaba en orden.

Se dispuso a besarla con más pasión, pero Seth eligió aquel momento para levantarse del suelo e ir hacia ellos.

–Mamá –se quejó, frotándose los ojos.

–Aún debe de estar cansado por la fiesta de anoche –dijo Heather, levantándolo–. Lo llevaré arriba a que se eche la siesta.

Observando a Heather salir del estudio con Seth, T. J. se maravilló de lo rápido que se habían vuelto tan importantes para él. Desde que los encontrara atrapados en su lado del arroyo, solo había podido pensar en ayudarlos y mantenerlos a su lado.

Solo había una manera de conseguirlo, y era con un anillo, una ceremonia y una promesa de por vida. ¿De verdad estaba planteándose dar ese paso tan pronto?

Frunció el ceño. Al verla con su familia la noche anterior se había dado cuenta de que la amaba. Seguramente la había amado desde que la vio salir del coche aquella noche en su garaje. Y a Seth no podría quererlo más ni aunque fuera su hijo. Pero ¿estaba preparado para el compromiso? Y en cuanto a Heather, estaba convencido de que ella sentía lo mismo por él. ¿Habría ella considerado la posibilidad de convertirse en su esposa?

Aún no estaba completamente seguro de ser

todo lo que Heather y Seth necesitaban, pero estaba dispuesto a intentarlo.

En aquellos momentos, sin embargo, lo único que quería era tener unos días más a Heather y Seth en su casa. Ya pensaría en el futuro más adelante. Sacudió la cabeza y alargó el brazo hacia su taza de café, pero golpeó sin querer el correo de Heather que había dejado en la mesa el día antes. Había estado tan ocupado que no había vuelto a pensar en ello.

Mientras recogía los sobres del suelo, le llamó la atención uno que llevaba el sello de «Último aviso». Le bastó un vistazo al remitente para saber de qué se trataba. La carta la enviaba la tesorería del condado, y T. J. apostaría hasta su último centavo a que Heather se había retrasado con el pago de los impuestos.

Dejó el sobre sin abrir encima del resto. El descubrimiento no lo sorprendía, pues había sabido desde el principio la lucha que libraba Heather para mantener el Circle W. Lo que le inquietaba, y mucho, era la posibilidad de que pudiera perder el rancho.

Se recostó en la silla e intentó pensar en la manera de descubrir qué estaba pasando. Heather era extremadamente reservada con sus problemas. No podía preguntárselo directamente, y se imaginaba cuál sería su respuesta si lo hacía. Pero tenía que saber cómo podía ayudarla.

Entonces se le ocurrió algo que le hizo suspirar de alivio y encendió rápidamente el ordenador. Había un modo de averiguar el riesgo que corría Heather sin que ella se enterase. Toda la información tributaria estaba recogida en la página web del condado. Lo único que tenía que hacer era conectarse y examinar los informes públicos. Si sus sospechas se corroboraban y Heather tenía un problema, pensaría en la mejor forma de ayudarla.

Quince minutos después cerró el navegador, profundamente preocupado. Hacía tres años que el rancho Circle W no pagaba los impuestos y sería embargado por el condado a principios del mes próximo. Posteriormente lo sacarían a subasta.

Si la deuda se saldaba, junto a los intereses y sanciones, podría conservar el rancho. Pero sabía que Heather no tenía esa cantidad de dinero. Si lo tuviera, no habría tenido que vender las yeguas para hacer frente a los gastos.

Él podría saldar sus deudas, pero sería lo último que Heather le permitiera. Era tan orgullosa que ni siquiera aceptaría que le prestase el dinero.

¿Qué otra cosa podía hacer?

Cualquier cosa, menos quedarse de brazos cruzados mientras ella perdía el rancho. El Circle W había pertenecido a la familia de Heather desde hacía varias generaciones, y debía pasar a Seth cuando se hiciera mayor. Y él iba a encargarse de que así fuera, mientras le quedaran aliento y dinero para arreglar la situación.

Primero la ayudaría sin pedirle permiso. Hasta ese momento no había tenido problemas en salirse con la suya para resolver los demás conflictos del rancho. Lo mismo volvería a hacer.

Agarró la carta y la metió en el cajón de la mesa. Heather ya había sufrido bastante estrés los últimos días. No iba a añadir más agobios a su lista. Además, ya sabía cómo iba a ocuparse del asunto. Mientras ella no supiera nada no podría detenerlo. Estaba decidido a asegurarle la propiedad de su rancho.

–Otra vez estás muy serio –le dijo Heather, entrando en su estudio.

–Solo estaba reflexionando sobre los misterios del universo –respondió el, sonriente–. ¿Has acostado a mi socio para la siesta?

Ella asintió.

–Anoche se lo pasó mejor que nunca, pero está agotado.

T. J. le tendió el montón de correo.

–Olvidé decirte que ayer recogí tu correo cuando fui a ver al técnico.

–Gracias. Estaba pensando en ir al rancho a recogerlo cuando se despertara Seth.

Al ver cómo pasaba el dedo por los sobres sintió remordimientos por ocultarle la carta del condado, pero estaba seguro de que ella ya conocía la situación, y él ya había tomado la decisión de ocuparse de todo. Por desgracia, no podría poner su plan en marcha hasta la semana próxima.

–Heather, tengo que ir a entrenar un caballo –le dijo, levantándose para abrazarla. Tenía una decisión más que tomar y necesitaba estar a solas para pensarlo bien.

La besó y el cuerpo se le endureció tan rápido que se tambaleó ligeramente. Siempre era así con ella. Respiró hondo e intentó centrarse. Sabía perfectamente lo que iba a hacer, pero necesitaba tiempo para planearlo y cuanto antes empezara mejor.

–¿Por qué no llevas a Seth a la pista cuando se despierte y le doy un paseo en un caballo de verdad?

–Le encantaría –dijo ella, sonriendo.

La emoción que vio en sus preciosos ojos azules le convenció de que todo iba salir bien. No solo pagaría sus impuestos atrasados, sino que iba a dar un salto de fe y pedirle que se casara con él.

Después de pagarle al técnico con lo que le quedaba de sus ahorros, cerró la puerta y suspiró profundamente. Su destino y el de su hijo estaban sellados. A final de mes tendrían que buscarse otro sitio para vivir, pero al menos no pasarían frío hasta entonces.

–*¿Caba'ito?* –preguntó Seth, mirando la puerta.

–Parece que eres de ideas fijas, cariño –le tomó en brazos y le besó en la mejilla. Solo llevaba unas pocas horas en casa y ya echaba terriblemente de menos a T. J. Y lo mismo debía de pasarle a Seth–. Quizá lo veamos cuando vuelva de Stephenville.

Su hijo volvió a mirar la puerta y negó con la cabeza.

–*Caba´ito* –repitió testarudamente.

–Estás tan empeñado como T. J. en salirte con la tuya –dijo ella, riendo.

Cuando finalmente consiguió distraerlo con el establo que mugía al abrirse la puerta, preparó café y empezó a buscar viviendas de alquiler por la zona mientras contenía las lágrimas. Su escaso presupuesto no le dejaba muchas opciones, y a todas ellas les encontraba defectos. Ningún otro lugar era el Circle W ni el Dusty Diamond.

Apoyó los codos en la mesa y posó la barbilla en la mano. Era lógico que el Circle W fuese lo más importante para ella. Al fin y al cabo era su hogar. Pero nunca hubiera imaginado que sentiría lo mismo por el Dusty Diamond. No hacía falta ser un genio para adivinar el motivo. Allí era donde vivía T. J.

Sumida en sus pensamientos, tardó unos momentos en darse cuenta de que estaban llamando a la puerta. Pero su hijo debía de haberse enterado, porque echó a correr tras ella cuando se levantó para abrir.

–¡*Caba´ito!* ¡*Caba´ito!*–gritó, adelantándola–.

Antes de que ella pudiera agarrar el pomo, la puerta se abrió y T. J. entró para levantar a Seth.

–¡Hola, socio!

Seth le echó los brazos al cuello y lo abrazó con toda la fuerza que podía tener un niño de dos años.

–*¡Mi caba´ito!*

Heather se rio.

–Voy a tener que esforzarme mucho para enseñarle a decir tu nombre.

Él le hizo cosquillas en la barriga al niño.

–Puede llamarme como quiera.

La sonrisa que le dedicó le desbocó el corazón, y cuando la rodeó por los hombros para pegarla a él, la emoción le oprimió el pecho. Se había equivocado al suponer que ningún hombre podría querer al hijo de otro como si fuera suyo. Ver a T. J. y a Seth juntos la acuciaba a desechar sus viejas ideas.

–¿Te apetece un poco de café? –le preguntó, necesitada de un momento para recuperar la compostura.

–Sí, gracias –la besó y la miró fijamente–. Tenemos que hablar de algo.

–Oh, Dios... –se rio y se alejó para servirle una taza de café–. La última vez que me dijiste eso acabé conociendo a tu familia. Y la verdad es que fue genial.

–Sí, pero tendrás que admitir que tenía buenas razones para estar intranquilo –le sonrió mientras se sentaba a la mesa con Seth en su regazo–. Tenerlos a todos juntos es como intentar controlar a un caballo salvaje.

–Había momentos en los que temía que fuerais a pelearos –reconoció ella. Le puso el café delante y se sentó frente a él–. Pero fue muy divertido.

Él se llevó la taza de café a la boca, pero la detuvo a medio camino.

–¿Buscando otro sitio para vivir? –le preguntó, señalando el periódico abierto sobre la mesa.

A Heather le ardieron las mejillas. No tenía sentido negarlo, pues tarde o temprano T. J. descubriría la verdad. Pero no le resultaba nada fácil contárselo.

–Seth y yo tendremos que dejar el rancho el mes que viene –mantuvo la mirada fija en sus manos entrelazadas sobre la mesa–. No he podido pagar los impuestos desde que mi padre cayó enfermo.

T. J. dejó la taza y le cubrió las manos con las suyas, y Heather tuvo que contenerse para no llorar. No podía mirarlo. El orgullo era demasiado fuerte y no soportaría ver la compasión en sus ojos.

–Eso no va a pasar, cariño –le aseguró él amablemente.

–Claro que sí. Antes de Navidad recibí un aviso del condado comunicándome que iban a proceder a embargarme para saldar la deuda.

–Heather, mírame –le ordenó T. J. Ella levantó la mirada y vio la determinación, no la compasión, en sus ojos color avellana–. Te digo que no vas a perder el Circle W.

Su tono y su expresión le provocaron un escalofrío.

–¿Cómo estás tan seguro?

–No quería decírtelo así –respondió él lentamente–. Pero el otro día, cuando te traje el correo, había un último aviso del condado sobre el rancho.

–¿Has abierto mi correo? –espetó ella, sintiendo como la ira barría el temor.

Él negó con la cabeza.

–No me hizo falta.

–¿Entonces cómo...?

–Cuando vi el remitente, consulté la página web del condado. Es un informe público, cariño –le apretó las manos y sacó unos papeles doblados del bolsillo–. Pero esta mañana la deuda ha sido saldada y ya no hay peligro de que pierdas el rancho.

Ella lo miró en silencio, desconcertada, incapaz de asimilar lo que acababa de oír. Finalmente apartó las manos de las suyas y se puso en pie con decisión.

–¿Cómo has podido hacer eso?

–Ya lo he hecho.

–¿Es que no has escuchado nada de lo que te he dicho estas dos semanas?

–Lo he escuchado todo –repuso él tranquilamente.

–¿De verdad? –su tono sosegado la enfurecía aún más–. Si me hubieras escuchado sabrías que no quiero que nadie, y menos tú, sienta lástima por mí. No necesito la caridad de nadie. Mis deudas son cosa mía.

–No siento lástima por ti. Y esto no lo hago por caridad. Solo quiero cuidar de ti y de Seth y hacer que todo sea más fácil para vosotros.

–¿Te estás escuchando a ti mismo? Si esto no es compasión, ya me dirás qué es.

–Mamá… –balbució Seth con voz quejumbrosa. El tono de la discusión lo estaba asustando, y Heather se lo quitó rápidamente a T. J.

–Me gustaría que te marcharas –dijo mientras abrazaba al niño–. Estás asustando a mi hijo.

T. J. se levantó lentamente.

–Esto no ha acabado, Heather.

–Sí… sí ha acabado –tomó aire para que no le temblara la voz–. No puedes salirte siempre con la tuya, T. J. Si alguien te importa tienes que escucharlo y respetar sus deseos. Pero no lo has hecho, y como resultado el Circle W es ahora tuyo.

–¿Pero qué dices? –exclamó él–. He pagado los impuestos atrasados para que puedas conservar el rancho y que algún día sea de Seth, no porque yo lo quiera. Yo ya tengo mi rancho. No quiero el tuyo para nada.

–Pues lo quisieras o no, ahora te pertenece –Seth empezó a llorar y ella señaló la puerta–. Por favor, márchate para que pueda consolar a mi hijo.

–Esto no ha acabado –repitió él.

–Sí ha acabado –insistió ella.

T. J. se dirigió a la puerta y se giró antes de salir.

–No dejes que tu orgullo nos haga esto, Heather.

Ella endureció su postura.

–No hay un «nos», T. J. Si lo hubiera habido, me habrías dicho lo que pensabas hacer antes de hacerlo, no después.

T. J. abrió la boca, pero no dijo nada y se marchó. Segundos después, Heather oyó cómo arrancaba la camioneta y el chirrido de las ruedas en la grava al alejarse velozmente por el camino.

–*¡Caba´ito!* –gritó Seth, alargando la manita hacia la puerta como si supiera que había perdido a su mejor amigo.

–Se ha ido, cariño –le dijo Heather, sintiendo que el corazón se le rompía en mil pedazos.

–*Caba´ito* –repitió el niño, pegando la cara en el cuello de su madre. Las lágrimas le mojaron la camiseta, y también ella se puso a llorar.

Cuando su hijo se durmió finalmente, lo acostó y volvió a la cocina a mirar los documentos que T. J. había dejado en la mesa. No se había sentido más sola y desolada en toda su vida. Ni siquiera cuando perdió a su novio y a su padre, o teniendo que ocuparse de un niño y un rancho sin ayuda de nadie. Sus peores temores se habían cumplido. Tanto ella como Seth se habían enamorado de T. J. y él les había roto el corazón.

***

T. J. se miraba en el espejo de su bar mientras apuraba la segunda cerveza. Había engullido la primera de un solo trago y lo mismo haría con la botella que sostenía en la mano. ¿Por qué había tenido que enamorarse de una mujer tan irritantemente testaruda y orgullosa?

Tenía que admitir, sin embargo, que él tenía parte de la culpa. Si no le hubiera preguntado por los anuncios de alquiler que ella había estado mirando en el periódico, no se habrían precipitado los acontecimientos.

Se metió la mano en el bolsillo de los vaqueros y sacó un pequeño estuche de terciopelo negro. Lo dejó en la barra y levantó la tapa para mirar el anillo de diamante de tres quilates con el que había pensado proponerle matrimonio. Solo después de habérselo pedido le habría dado el justificante del pago de los impuestos como regalo de compromiso.

–Eres un imbécil –le mascullló al hombre que lo miraba en el espejo–. Has echado a perder cualquier oportunidad que tuvieras con ella.

Cerró el estuche y se levantó para arrojar la botella a la basura. Fue a la cocina y encontró a su ama de llaves, Theresa, cortando las verduras para la cena.

–Espero que se pueda congelar lo que estás preparando –se dirigió hacia la puerta del patio–. No tengo hambre y no creo que cene.

–No tienes buen aspecto, T. J. –observó ella con preocupación–. ¿Va todo bien?

Él se encogió de hombros.

–Podría ir mejor.

–¿Puedo hacer algo por ti?

–No a menos que puedas hacerme retroceder en el tiempo unas cuantas horas.

–Lo siento… Pero yo de ti esperaría un par de días antes de ir a hablar con esa joven y decirle que lamentas lo que sea que hayas hecho.

–¿Cómo lo…?

–He visto la misma expresión en más de un vaquero cuando ha metido la pata con su chica. Vamos, háblame de esa joven que te ha robado el corazón.

Durante la siguiente media hora T. J. se lo contó todo sobre Heather y Seth y lo que había hecho para perderla.

–Tienes razón –dijo la anciana–. Lo has fastidiado a lo grande. Pero no creo que esté todo perdido.

–¿No?

–No –le sonrió–. Si eres capaz de darle un poco de tiempo para que se calme, se dará cuenta de que tus intenciones eran buenas, aunque supieras que iba a ofenderse.

–¿Nada más? ¿Solo eso? –preguntó él, incrédulo.

–Bueno, eso y estar dispuesto a arrastrarte a sus pies –añadió Theresa, riendo mientras metía la cacerola en el horno.

–Gracias, Theresa –la besó en la arrugada mejilla.

–Recuerda esta pequeña charla la próxima vez que te pida un aumento.

–Lo haré –le prometió él, sonriendo por primera vez desde que se marchó de casa de Heather.

Volvió más optimista a la sala. Solo tenía que esperar unos días antes de intentar arreglar las cosas con Heather. La quería, a ella y a Seth, más que a sí mismo, y no iba a hacer nada más que pudiera estropear las cosas. Aunque tuviera que despellejarse las rodillas, iba a suplicarle a Heather que entendiera y aceptara que todo lo había hecho con la mejor intención posible.

El resto de su vida dependía de ello.

Capítulo Nueve

Heather se sorbió las lágrimas mientras terminaba de embalar los utensilios de cocina. Solo le quedaba por empaquetar algo de ropa de Seth y suya y terminaría de cargar el pequeño remolque que había alquilado.

Miró a su alrededor y se le escapó un gemido. El Circle W siempre había sido su hogar y no podía creerse que fuera a abandonarlo aquella tarde, que nunca más volvería a caminar por la casa en la que había crecido, que nunca podría llevar a Seth a pescar al arroyo o verlo montar a caballo.

Pero lo que más le dolía era que nunca volvería a ver al hombre al que amaba. Pensó que debería haber manejado la situación de otra manera cuando él le confesó lo que había hecho. Pero ¿por qué T. J. no podía entender que al ocultarle lo que pensaba hacer la excluía de las decisiones que concernían a su propio rancho? Había hecho que se avergonzara por ser incapaz de proteger su herencia, y había olvidado, o quizá ignorado, su necesidad de ser independiente y demostrar que podía cuidar sola de ella y de su hijo.

–Mamá, *¿caba'ito?* –preguntó Seth, entrando en la habitación.

A Heather se le partía el alma cada vez que su hijo preguntaba por T. J. No había podido impedir que Seth le tomara cariño y que al final sufriera tanto o más que ella por su ausencia. Ella era adulta y entendía las decisiones que debía tomar, pero Seth era demasiado pequeño para comprender nada.

–No, cariño –le dijo, levantándolo–. No volveremos a ver a T. J.

Apenas lo había dicho cuando la puerta trasera se abrió y apareció él. Lo primero que pensó Heather era que tenía derecho a entrar cuando quisiera. Al fin y al cabo, el rancho le pertenecía.

–Buenos días –saludó él, sonriendo.

Seth le tendió inmediatamente los brazos.

–*¡Caba'ito!*

–¿Cómo está hoy mi socio? –le echó una mirada interrogativa a Heather para saber si podía abrazar a su hijo.

Ella asintió, pues no quería hacer la situación más difícil para Seth. El pequeño se abrazó al cuello de T. J. como si le fuera la vida en ello, haciéndola sentirse peor que nunca.

–En cierto modo, me alegra que hayas venido –dijo. Agarró de la encimera el abultado sobre con el nombre de T. J. y se lo tendió–. Así me ahorro tener que mandarte las llaves y los papeles que necesitarás para transferir la propiedad de los caballos y las escrituras.

–¿Qué vas a hacer? –le preguntó con una expresión inescrutable.

–Creo que nos iremos a Oklahoma. He oído en las noticias que hay varios puestos vacantes en Tulsa.

Estaba tan atractivo con su chaqueta negra, su camisa blanca y sus vaqueros azules, que Heather tuvo que girarse para que no viera sus lágrimas.

–Antes de que te vayas tenemos que resolver algunas cuestiones –dijo él, retirando una de las sillas.

–Todo lo que necesitas está en el sobre –vio que Seth había apoyado la cabeza en el hombro de T. J. y que se había quedado dormido–. Lo pondré en el parque.

–Yo lo haré –dijo él, y fue al salón donde ella había dejado la cama portátil–. ¿Ya has cargado la cama de Seth en el remolque?

Ella asintió.

–Solo me quedan unas cuantas cajas y el parque de Seth.

–Yo lo cargaré todo cuando estéis listos para marcharos –le indicó la silla que había retirado de la mesa–. Siéntate. Tengo algo que decirte.

–No sé qué queda por decir.

Él le dedicó una condescendiente sonrisa.

–¿Puedes sentarte, Heather, por favor?

Ella suspiró y se sentó en la silla. Sabía que T. J. no le diría nada hasta que ella hiciera lo que le pedía.

–Hay algo que debes saber de mí –se apoyó

en la encimera y se cruzó de brazos sobre su amplio pecho–. Puede que te sirva conocer mi versión para entender por qué necesito cuidar de ti y de Seth.

–No veo cómo... –empezó ella, pero él levantó una mano.

–Tan solo escúchame.

–Está bien.

–Mi madre era madre soltera. Tuvo que desvivirse para trabajar, pagar las facturas y ocuparse de mí. Y sacrificarse como nadie para que yo no pensara que éramos menos que los demás –sacudió tristemente la cabeza–. Cuando miro atrás, me doy cuenta de que todas las veces que dijo que no tenía hambre lo que estaba haciendo era dejarme su comida para que yo tuviera suficiente.

Heather vio cómo encogía brevemente el rostro y supo que iba a decirle algo que le había causado un enorme sufrimiento.

–¿Qué ocurrió?

–Mi madre y yo enfermamos de gripe cuando yo tenía diez años. No había bastante dinero para que a los dos nos viera un médico, así que se aseguró de que yo recibiera el tratamiento y descuidó su estado. Yo me recuperé, pero ella no. Una semana después murió de neumonía.

–Oh, T. J. , lo siento mucho... –al fin sabía por qué había insistido tanto en que se quedara con él cuando descubrió que tenía fiebre.

–Yo también –murmuró él, mirándose las botas de piel de cocodrilo–. La noche que os encontré a ti y a Seth en el arroyo, me juré que no permitiría que lo mismo le sucediera a tu hijo.

–No-no tenía ni idea –balbució ella.

–Al igual que mi madre, tú tampoco tenías a nadie que cuidara de ti. No podía negarte mi ayuda.

–No sé qué decir –estaba completamente aturdida.

–No quería que lo supieras, y no insistí en ayudarte para que sintieras lástima por mí –apuntó hacia el salón–. Lo hice por ese niño. No quería que se quedara huérfano.

Los ojos se le llenaron de lágrimas. T. J. quería a Seth tanto como lo habría querido su verdadero padre…

–¿Qué pasó después de morir tu madre? ¿Te mandaron con una familia de acogida?

–No, fui a vivir con mi bisabuela. Pero era muy mayor y no tenía fuerzas para vigilar a un adolescente con tendencia a meterse en problemas –se frotó la nuca como si intentara decidir cuánto contarle–. A los catorce años entré en el sistema de acogida, y mi bisabuela falleció un par de meses después.

–¿Eras un chico conflictivo? –le preguntó ella, horrorizada.

–Frecuentaba malas compañías y en más de una ocasión me detuvieron por vandalismo. El trabajador social encargado de mi caso decidió que era un candidato ideal para este nuevo hogar adoptivo que había abierto un excampeón de rodeo.

–¿El rancho Last Chance? ¿Por eso se llama así: «Última oportunidad»?

–Sí, y fue lo mejor que podría haberme pasado –dijo con una cálida sonrisa–. Hank Calvert me hizo enfrentarme a la ira que albergaba por perder a mi madre. Me hizo ver que en vez de culpar a todo el mundo por ello, tenía que aceptar las cosas como eran. Creía firmemente en mí, y al cabo de un tiempo también yo empecé a creer en mí mismo.

–¿También tus hermanos eran chicos problemáticos? –le costaba creerlo, viendo los hombres en que se habían convertido.

–Todos éramos unos rebeldes de cuidado –afirmó él, riendo–. Pero Hank Calvert nos ayudó a encauzar nuestras vidas y convertirnos en unos ciudadanos decentes y respetables.

–Nunca lo hubiera imaginado –admitió ella.

–También se preocupó de que todos fuéramos a la universidad –sonrió–. Nunca lo dirías, pero no solo soy un vaquero que ha ganado un par de campeonatos mundiales. Me gradué en la Universidad de Texas con un máster en Empresariales.

–Parece que Hank fue un hombre maravilloso... El hijo de Sam y Bria se llama así por él, ¿verdad?

–Sí –se apartó de la encimera y fue hacia ella, se arrodilló y la tomó de las manos–. Heather, sé que piensas que me porté como un arrogante al pagar tus impuestos, pero solo quería hacer algo para aliviar el estrés que llevas sufriendo demasiado tiempo –la besó en las palmas–. No quiero volver a ver callos en estas manos porque hayas tenido que hacer el trabajo de tres hombres para llevar este rancho.

–No tienes de qué preocuparte –las amables palabras de T. J. le estaban rompiendo el corazón de nuevo–. Recuerda que ahora eres el propietario del Circle W.

–Cariño, ¿te has molestado en mirar los documentos que te dejé el otro día después de pagar los impuestos?

–Pues no. No he tenido el coraje para hacerlo.

–Yo nunca te dije que hubiera comprado el rancho… Solo dije que había pagado los atrasos. Y si te hubieras tomado la molestia de mirar esos papeles, habrías visto que los pagué a tu nombre.

–Pero no era tu responsabilidad –insistió ella–. Era mi deuda. No podía saldarla y…

–Lo entiendo, cariño –la besó–. Pero iba a darte los papeles como regalo después de pedirte algo.

Un atisbo de esperanza empezó a crecer en su interior, pero intentó sofocarlo.

–¿Qué ibas a pedirme, T. J.?

Él sacó un pequeño estuche negro del bolsillo de la chaqueta.

–Iba a pedirte si querrías hacerme el hombre

más feliz de la tierra casándote conmigo. Y luego iba a darte los papeles como regalo de compromiso –abrió el estuche y le mostro el diamante más grande que Heather había visto en su vida.

–¡Oh, Dios mío! –se cubrió la boca con la mano–. Yo no… quiero decir, no sabía que… nunca hubiera imaginado… –se calló al darse cuenta de que no podía articular un discurso coherente.

–Te quiero. Heather –le dijo él con expresión muy seria–. Siempre te querré. Y si me lo permites, me gustaría cuidar de ti el resto de mi vida.

Las lágrimas le resbalaron por las mejillas mientras miraba al hombre al que amaba con todo su corazón. ¿Cómo había podido ser tan testaruda? ¿Cómo había dejado que su orgullo se entrometiera en su camino a la felicidad que podía compartir con aquel hombre tan maravilloso?

–Lo siento, T. J. –la voz le temblaba–. Sé que he sido una cabezota y…

–No tienes que disculparte, cariño. Sabía que no ibas a alegrarte por lo que hice. Pero si mi plan de darte el recibo como regalo de compromiso hubiera funcionado, seguramente los dos nos habríamos ahorrado un gran disgusto.

Heather no podía parar de llorar. T. J. dejó el estuche en la mesa, se puso en pie y la levantó para ocupar él la silla y sentársela a ella en su regazo.

–Espero que sean lágrimas de felicidad.

–Sí... –le rodeó el cuello con los brazos–. Te quiero con toda mi alma, T. J.

–¿Sí, son lágrimas de felicidad, o sí, te casarás conmigo? –preguntó sonriendo.

–Las dos cosas.

–¡Gracias a Dios! –sacó el anillo del estuche y se lo deslizó en el dedo. Luego la besó con una pasión que prendió los rincones más oscuros de su alma y la miró con un brillo de amor y alegría en los ojos–. Hay una cosa más que me gustaría pedirte.

–¿El qué? –preguntó mientras se secaba las lágrimas de las mejillas.

–Si no te importa, me gustaría adoptar a Seth. Lo quiero mucho y te juro que seré el mejor padre que pueda tener.

–Me encantaría.

–Él es otra razón por la que quería pagar los impuestos. Quería facilitarte las cosas, pero sobre todo quería asegurarme de que el rancho pasara a manos de Seth cuando fuera lo bastante mayor. Ha pertenecido a tu familia desde hace generaciones, y no quería que Seth lo perdiera.

–Gracias... –susurró, intentando contener una nueva oleada de lágrimas.

Los dos guardaron silencio unos minutos, disfrutando de volver a estar abrazados.

–¿Cuándo quieres que nos casemos, Heather? Y, por favor, no alargues demasiado el compromiso. Quiero que empecemos nuestra vida juntos lo antes posible.

–¿Qué te parece el día de San Valentín? –le propuso, contenta de dejarlo elegir a él.

–Mejor que el Cuatro de julio, pero mucho más tarde de lo que me gustaría –protestó él, besándola de nuevo.

Ella sonrió, más feliz de lo que nunca hubiera creído posible.

–Ya que voy a ser tu mujer, ¿puedo preguntarte algo que quiero saber desde hace tiempo?

–Puedes preguntarme lo que quieras, cariño.

–¿A qué nombre corresponden las iniciales T. J.?

Él dejó escapar un gemido y apoyó la frente en la suya.

–Lo descubrirás cuando nos den la licencia matrimonial...

–Seguro que no es para tanto –dijo ella.

–Te aseguro que sí.

Ella le puso la mano en la mejilla y lo miró a los ojos.

–¿Por qué no me lo dices y dejas que lo decida yo?

–Tobias Jerome –le confesó con una mueca–. No sé en qué estaba pensando mi madre cuando escogió ese nombre para un niño pequeño e inocente.

–No está tan mal –dijo ella, preguntándose por qué no le gustaba a T. J.

–¿Te parezco un Toby o un Jerry?

–La verdad es que no... Te pareces más a T. J.

–Por eso ninguno de nuestros hijos se llamará Tobias Jerome.

–¿Cuántos hijos quieres tener? –le encantaba la idea de que Seth tuviera un hermano o una hermana, y sabía que T. J. los querría a todos por igual.

–Tengo una casa con un montón de habitaciones. ¿Qué te parece siete?

–Lo discutiremos más adelante –dijo ella, riendo.

Él la miró muy serio.

–Te amo, Heather.

–Y yo a ti, T. J. Te amo con todo mi ser.

Epílogo

–Ya solo quedan dos hermanos solteros –dijo T. J. en el bar de su guarida, transformada en sala de estar, mientras celebraba su boda con Heather.

Habían decidido que fuera una ceremonia íntima, solo para la familia. Cuantos menos invitados tuvieran, antes podrían irse de luna de miel.

–¿Quién crees que será el siguiente? –preguntó Sam.

–Yo no, desde luego –declaró Nate–. He abjurado de las mujeres para siempre.

–¿A quién quieres engañar? –preguntó Ryder, riendo.

–Lo mismo decía yo, Nate –le recordó T. J., mirando perdidamente enamorado a su hermosa mujer, quien hablaba con su cuñada y con Mariah, la hermana de Bria–. Y mírame ahora. No podría ser más feliz.

–Sí, pero Heather es una mujer fantástica –replicó Nate–. Es mucho más razonable que tú y que la mayoría de las mujeres.

T. J. no pudo menos que sonreír. Nadie sabía por lo que él y Heather habían tenido que pasar para llegar adonde estaban.

–Podría ser Jaron –sugirió Lane.

Jaron no respondió, y todos se giraron para ver que estaba mirando otra vez a Mariah.

–¿Qué? –preguntó, distraído.

–Estábamos especulando sobre quién será el próximo en casarse, si tú o Nate –le explicó Lane, sonriendo.

Jaron negó con la cabeza.

–Más os vale apostar por Nate, porque si apostáis por mí perderéis seguro.

–Yo apuesto por Nate –dijo T. J. poniendo un billete de cien dólares en la barra.

–¿Quién se encarga esta vez de guardar el bote? –preguntó Ryder.

–Yo mismo –se ofreció Sam.

Mientras los hermanos hacían sus apuestas sobre quién sería el próximo en casarse, Seth se acercó corriendo y se abrazó a la pierna de T. J.

–¡Mi papá!

T. J. lo levantó, riendo. Él y Heather le habían dicho a Seth que T. J. iba a adoptarlo y que sería su papá. Aquello bastó para que el niño dejara de llamarlo «caballito» y empezara a llamarlo «papá».

Dejó a sus hermanos apostando por Nate o por Jaron y se fue con Seth en brazos hacia la mujer a la que los dos querían más que nada.

–No sé tú, pero yo estoy listo para empezar nuestra luna de miel –le susurró al oído.

La sonrisa de Heather le aceleró el pulso.

–Yo también.

–¿Has preparado las cosas de Seth para que Sam y Bria lo cuiden mientras estamos fuera? –le preguntó, dejando a Seth en el suelo para que jugarse con su nuevo primo, el pequeño Hank.

Heather asintió.

–Bria hizo que Sam metiera la bolsa y la sillita de Seth en su coche antes de la ceremonia.

T. J. la abrazó para besarla hasta dejarla sin aliento.

–Entonces, salgamos de aquí, cariño.

–No me has dicho adónde vamos –le dijo ella con una sonrisa que avivó su deseo por estar los dos solos–. ¿No puedes decirme al menos en qué dirección?

–¿Y eso importa? –preguntó él, riendo.

Ella negó con la cabeza, y cuando le dio la mano, T. J. se sintió el hombre más afortunado del mundo.

–Vayas a donde vayas, vaquero, yo iré contigo.

Él volvió a besarla.

–Te quiero, señora Malloy.

–Y yo a ti, T. J. Con todo mi corazón.

Deseo

EN BOCA DE TODOS

ELIZABETH BEVARLY

En el instituto, Ava Brenner había sido la pesadilla de Peyton Moss durante el día, pero por la noche habían saltado chispas de otra clase entre ellos.
Dieciséis años después, el azar dio un giro de ciento ochenta grados. Peyton estaba a punto de llegar a una fortuna de mil millones de dólares, y Ava vivía de una manera mucho más humilde. Él necesitaba que ella le enseñara a desenvolverse en la alta sociedad, si lograban dejar a un lado aquella vieja rivalidad. Pero las cosas entre ellos llegaron mucho más lejos... ¿Descubriría Peyton el escándalo que la había dejado casi en la indigencia tantos años atrás?

¿La seguiría queriendo a pesar de todo?

¡YA EN TU PUNTO DE VENTA!